LES

BRIGANDS ANGLAIS,

OU

LA BATAILLE DE HASTINGS.

LES
BRIGANDS ANGLAIS,

ou

LA BATAILLE DE HASTINGS,

PAR

Mme BARTHELEMY HADOT,

Auteur de Laurence de Sully, Valentine
de Montdidier, ou la Cour de Louis xi, etc.

Ornés d'une très-jolie gravure.

TOME TROISIÈME.

PARIS,

CHEZ A. MARC, LIBRAIRE,

Auteur et Éditeur du *Dictionnaire des Romans*,
rue Rameau, n° 11, près l'Opéra.

1821.

LES

BRIGANDS ANGLAIS,

OU

LA BATAILLE DE HASTINGS.

SUITE DU CHAPITRE III.

IL y avait à peine une demi-heure qu'Albert était là, quand il entendit un grand bruit ; il était occasionné par l'arrivée du chef de la troupe ; mais ce bruit semblait venir de dessous terre....

Il dit à Salisbreck : Ce château serait-il au-dessus de quelques mines? — Non, mais les écuries sont ici dessous; et ce que vous venez d'entendre est occasionné par les pas des chevaux. Permettez que je vous quitte un moment pour aller annoncer au maître du château que je vais lui présenter un convive dont il ne pourra que s'applaudir.

L'anglais se leva et sortit par une petite porte qui donnait dans un long corridor et qu'il referma avec une telle précipitation que les vitres de la salle en vibrèrent avec la plus grande force.

Ce bruit retentit au cœur du

comte ; il sent toute l'imprudence qu'il a commise en cédant aux insinuations de Salisbreck ; il veut sortir de ce lieu, mais toutes les portes en sont fermées ; il regarde à la croisée qu'il lui est impossible d'ouvrir, et voit des fossés et des cours où l'herbe était assez grande pour faire présumer qu'il n'y avait dans ce château que fort peu d'habitans. Un instant après, Salisbreck revint avec un des prétendus piqueurs du maître de la maison. Pardon, dit-il, mais mon ami est extrêmement fatigué de la chasse ; il vous demande comme une grâce de vous rendre à son appartement.

1.

Ce ton affectueux calma pour un moment les craintes d'Albert ; il suivit l'Anglais. On le conduisit par un long corridor ; on lui fit descendre plusieurs degrés ; enfin, il arriva dans une chambre assez bien éclairée où était mis plusieurs couverts.

La table était très-bien servie en argenterie. Un homme sortit d'un cabinet, et, s'avançant vers le comte, il lui dit : Je suis enchanté de voir arriver un nouveau soldat pour renforcer ma troupe, car quiconque entre ici est obligé de se conformer en tout à ma volonté. Vous avez éprouvé de grands malheurs, à ce

que vient de me dire Salisbreck :
l'injustice de vos parens vous a contraint à quitter votre patrie ; vous
allez vous en créer une autre et
acquérir une grande fortune.

Seigneur, reprend vivement Albert, je vous comprends difficilement ; qui êtes vous ? où suis-je ?
Cet homme, en qui j'ai eu confiance,
devait me conduire à Cantorbéry
pour la vente de diamans. — Rassurez-vous, ils seront en nos mains,
lui dit le chef ; nous en tirerons
un bon parti ; ne craignez rien, cette
fortune doublera bientôt, et vous
vous applaudirez de vivre avec
nous. Soyez brave et fidèle au rè-

glement de notre association. Notre vie est libre et heureuse ;
nous ne manquons de rien, nous
sommes dans une situation qui nous
met à l'abri de toute attaque.

Au même instant on lui apporta
le règlement , et le chef en fit la
lecture.

Albert n'avait ni principe d'honneur , ni religion ; il n'avait plus ni
patrie, ni parent; il se décida à rester
avec les brigands. On servit un repas
somptueux où assistèrent tous les
principaux de la troupe ; on se livra
à la joie que procura l'arrivée d'un
nouveau camarade ; et l'on passa
jusqu'à sept heures à table.

En ce moment le chef donna ses ordres pour les expéditions qui devaient avoir lieu pendant la nuit. Albert ne put s'empêcher de frémir; l'idée que ces hommes pourraient commettre quelqu'assassinat le révoltait. Le chef, que l'on nommait *Bedford*, lui prit la main : Allons, dit-il, point de ces émotions qui annoncent de la faiblesse dans un homme; d'ailleurs, pour vous accoutumer par degré à notre manière de vivre pendant quelque temps, vous ne sortirez point d'ici; vous voyez que j'ai des égards pour vous; mais je dois vous prévenir d'une chose: si vous aviez le malheur de chercher à vous échapper, votre mort serait inévitable. Vous allez me remettre les diamans que vous deviez vendre ; je vais les réunir avec le trésor que je possède ou plutôt que nous possédons, car, entre moi et mes fidèles soldats, tout est commun ; vous en aurez la preuve.

Albert abandonna les pierreries qu'il possédait. C'eût été en vain qu'il eût prétendu les refuser. Comme il était fatigué et que le chef voulait se l'attacher, il lui donnna une chambre où il fut assez bien couché.

Le lendemain en s'éveillant il fut glacé de terreur en voyant dans la

pièce où il était une vingtaine de brigands couchés à terre et dormant,
à ce qu'il paraissait, très-profon-
dément. C'étaient ceux qui pendant
la nuit avaient exploité sur la grande
route, dont le bois était à une lieue.

Ce coup-d'œil affreux le reporta
bientôt à la douloureuse pensée de
l'état brillant où il avait été pendant
sa jeunesse ; mais le passé n'était
plus en son pouvoir. Il ne pouvait,
sans danger pour sa vie, chercher à
fuir ; en conséquence, il étouffa autant qu'il lui fut possible les remords
qui le tourmentaient encore et s'a-
bandonna entièrement à sa nouvelle destinée ; bientôt il fut le fa-

vori de Bedford, et l'un des chefs
de cette troupe qui était de plus de
deux cents hommes.

Le voilà réduit au vil métier de
brigand, confondu avec des crimi-
nels qui, peut-être bientôt, frappés
par le glaive des lois, délivreront
la société de l'horreur de les voir
exister dans son sein.

Tandis qu'Albert s'avançait à pas
de géant dans la carrière du vice,
la famille de Mortemer voyait arriver quelques beaux jours de gloire
et des instans de bonheur.

Il y avait une année qu'Adalgis
était l'heureux époux d'Athénaïs ;
ce temps sembla augmenter encore

la tendresse de ce couple vertueux ;
et pour accroître leur félicité le
comte de Mortemer jouissait d'une
santé parfaite ; il ne pouvait oublier
les pertes qu'il avait éprouvées ,
mais la résignation , la religion , ces
deux consolations des infortunés,
étaient venues à son secours ; et s'il
versait quelquefois des larmes que
lui arrachait le souvenir d'une
épouse , celui de sa fille et d'une
mère chérie , il remerciait le ciel
qui lui avait laissé encore tant de
sujets de consolation.

Cécile était l'amour de son père et
promettait d'être l'ornement de son
sexe ; elle venait de commencer son

seizième printemps , et sa beauté la
faisait remarquer par tous les seigneurs qui visitaient Aldagis; celui-
ci s'était acquis une réputation de
valeur si bien meritée , lors de la
soumission de la Gascogne , que le
jeune duc de la Fare , l'un des premiers seigneurs de la cour de Bour-
gogne , s'était attaché particulièrement à lui ; il avait vingt-cinq ans ,
était d'une famille illustre , et tout
donnait lieu de penser que son intention était de s'unir à la sœur
d'Adalgis. Ce mariage paraissait
sortable , et le comte n'avait point
l'intention de le refuser; mais le duc
de la Fare qui adorait Cécile impo-

sait silence à son amour, car il s'attendait qu'on serait bientôt obligé
de s'enrôler de nouveau sous les
étendards du dieu de la guerre.
Ainsi, trop raisonnable pour chercher à enflammer le cœur d'une
jeune personne quand peut-être il
allait la quitter sans pouvoir déterminer l'époque du retour, il garda
avec elle un silence absolu, et dit
seulement à Adalgis : Mon ami, ta
sœur est charmante, je l'aime de
toute mon âme; parle-moi franchement, ton père a-t-il quelques vues
pour son établissement ? — Non,
lui repond Mortemer. — Tu sais
que nous serons obligés de repren-

dre bientôt les armes. — Oui, et nous n'osons en parler devant Athénaïs, ni devant ma sœur dont l'attachement pour moi est extrême. — Eh bien! mon cher, si au retour des combats le sort a respecté les jours de ton ami, promets-lui de consentir à son union avec ta sœur, et de pressentir quelles pourraient être les volontés de ton père à cet égard.

Adalgis lui promit de s'intéresser au succès de ses vœux, questionna Cécile sur ce qu'elle pensait du duc de la Fare, et connut par ses réponses qu'il pouvait flatter son ami de l'espoir d'être aimé, espoir qui fut ensuite consolidé par le consentement du comte de Mortemer.

Les bruits de guerre se soutenaient en acquérant chaque jour un degré de certitude.

Edouard, roi d'Angleterre, venait de mourir. On produisit alors un testament qu'il avait fait, par lequel il laissait sa couronne à Guillaume, duc de Normandie. Celui-ci voulut le faire valoir, et à cet effet il commença par armer tous ses sujets.

Ses préparatifs donnèrent des inquiétudes ; mais il les calma en faisant connaître les motifs qui le

faisaient agir. Son adresse lui procura des hommes et de l'argent ; et
les seigneurs, comtes et ducs devinrent ses alliés.

L'expédition de Guillaume contre l'Angleterre devint le point de
réunion des braves. Tous y accou-
rurent ; on vit bientôt flotter les
bannières des comtes d'Anjou, de
Ponthieu, de Poitou, de Bourgo-
gne et de Champagne. Tous tributaires et vassaux de la France, ils
menèrent leurs chevaliers et leur
milice, et chacun se fit une gloire
d'aider le duc de Normandie dans
la conquête de l'Angleterre.

Baudoin, au nom du roi de France,

avait fait un appel aux braves, et bientôt il procura à Guillaume une foule si considérable de guer-riers qu'on fut obligé d'en renvoyer plusieurs, car l'armée disponible se montait à plus de soixante mille hommes.

On doit bien penser que le vail-lant Adalgis ne fut point un des der-niers seigneurs qui se rendirent à la cour de Guillaume ; il lui impor-tait de conserver la haute renom-mée qu'il s'était acquise lors de sa première campagne. Cette fois il ne conduisait point un corps de six cents soldats, mais une armée com-posée de cinq mille hommes qu'il avait armés et équipés àses-frais, et dont la belle tenue était un garant certain du zèle du chef.

Le père d'Adalgis voulut aussi prendre part à cette expédition, et, comme il ne se ressentait plus de la maladie de langueur qu'il avait éprouvée, il ne céda à aucunes des représentations qui lui furent faites. Il voulait encore cueillir quelques lauriers ou du moins jouir du bonheur de voir triompher son fils.

Que devinrent Athénaïs et Cécile, lorsqu'elles apprirent que le départ ne devait plus être retardé que de six semaines? Eh quoi! dit l'épouse d'Adalgis, vous partez tous deux ? il nous faudra frémir pour ce que nous avons de plus cher au monde ; qu'allons-nous devenir en proie aux plus mortelles inquiétudes ?

Le comte et son fils rassurèrent ces tremblantes femmes en leur disant que le retour serait prompt. Ils firent entendre la voix sacrée de l'honneur, et bientôt Athénaïs et sa belle-sœur cherchèrent à cacher soigneusement leurs larmes.

Le comte de Mortemer, dont le courage avait été quelque temps comprimé par les chagrins, semblait, en reprenant son épée, reprendre avec elle une nouvelle existence. Il avait près de cinquante ans,

2.

et ne paraissait pas devoir compter
plus de trente - six années , tant
l'idée de la gloire animait son cœur.

Mes chères filles , dit-il un jour
à Cécile et à la belle Athénaïs, ju-
gez combien l'idée des triomphes
de mon fils m'est précieuse, puisque je vous quitte pour elle ! Je veux
prendre part à la gloire d'un époux
et d'un frère que vous aimez tendrement. Ayez vous-même du courage ; quand on est fille et femme
de guerrier , on ne doit point s'a-
bandonner à de vaines terreurs.
Mes enfans, songez au bonheur que
vous éprouverez au moment de notre retour. Le temps de l'absence ne

sera plus qu'un songe. Embrassez-
moi, mes filles, et promettez-moi de
ne répandre que très-peu de pleurs
le jour où Adalgis et moi nous vous
dirons : Au revoir !

Athénaïs lui promit de se montrer digne de lui et de son époux.

Le comte de Mortemer prit tous
les moyens d'assurer la tranquillité
de ces dames ; il laissa à son château
cinquante hommes de garde dont
il connaissait la fidélité et le courage. Pour augmenter la sécurité
d'Athénaïs, le comte de Bergerac
vint lui tenir compagnie pendant
l'absence de son époux. S'il n'eût
écouté que son désir, il eût suivi

les troupes du comte de Mortemer, mais il sentit que les jeunes personnes seraient rassurées en voyant au château un ami véritable, qui serait pour elles comme un second père.

Le jour du départ est arrivé. Adalgis embrassa son épouse; il éprouva une peine impossible à décrire, et pour un instant il sentit son courage prêt à l'abandonner entièrement. Athénaïs sut maîtriser sa douleur, et son exemple donna un grand courage à Cécile. Il étonna le comte Mortemer, qui ne put s'empêcher d'être fier d'avoir de tels enfans.

Le père et le fils , à la tête de cinq
mille hommes , arrivèrent dans les
états de Guillaume , et furent reçus
au bruit des acclamations générales
de tous ceux que la valeur avait
amenés à ce rendez-vous.

Avec quel plaisir Mortemer se
retrouva avec ses anciens compagnons d'armes ! que de souvenirs
délicieux remplirent son imagination ! et quelle joie il éprouva en
entendant Guillaume lui dire , en
présence de tous les nobles seigneurs
français : Brave Mortemer , vous
dont le nom a été tant de fois parmi
ceux des preux , et qui , sans en
être requis , venez m'offrir tant de

soldats et un chef si vaillant pour les conduire, recevez le témoignage publique de ma reconnaissance pour vous et le noble Adalgis; je promets par Dieu à vous, à vos soldats que toutes les armes, drapeaux, étendards et trésors pris à la conconquête d'Angleterre seront portés dans vos domaines et orneront vos salles comme autant de preuve de courage et de vaillance !

Seigneur, lui dit Adalgis, notre fortune vous est offerte ; nos bras sont devoués pour assurer vos succès, et je ne demande d'autre prix de notre zèle et du secours que nous vous prêtons en ce moment que de voir les noms de tous les guerriers que je commanderai avec mon père, gravés sur les colonnes du temple ou du monument que vous serez tenu de faire bâtir pour éterniser notre victoire : voilà le seul trésor que nous ambitionnons. Cette demande d'Adalgis prouvait que la gloire de ses soldats lui était chère.

Ce désintéressement produisit le plus grand effet ; chaque noble comte et duc regarda Adalgis , et désira d'avoir un fils tel que lui.

Ils restèrent pendant quinze jours à la cour de Guillaume ; ce temps fut consacré à l'organisation de l'armée, à la nomination des principaux officiers qui devaient avoir le commandement.

Mortemer et son fils se trouvèrent à la tête de dix mille hommes, dont la moitié était vassale du duc de Normandie.

C'était un spectacle magnifique que celui d'une armée de soixante mille combattans presque tous à la fleur de l'âge, pleins de vigueur et de bonne volonté.

Il s'était formé un bataillon d'élite, qui ne devait point quitter le duc de Normandie et qui se composait des plus nobles et des plus intrépides chevaliers.

Guillaume allait conduire son ar-

mée à l'embouchure de la Dive (1),
où neuf cents vaissaux étaient richement pavoisés, et n'attendaient
que le moment de mettre à la voile.

- Si de grands préparatifs de guerre
avaient été faits pour attaquer l'Angleterre, celle-ci avait de grands
moyens de défense, et long-temps
sans doute la victoire serait demeurée incertaine sans la valeur qui

---

(1) Dive, rivière de France en Normandie, prend sa source au-dessous de Gassey et
se rend dans la mer, à douze lieues de là, au
port de Dive. Elle est navigable depuis Cor-
bon, pays du Perche, à deux lieues de Mor-
tagne.

3.

fait toujours triompher les guerriers français , lorsque leurs chefs n'ont point d'intérêt à les trahir.

Dès qu'Edouard eut cessé d'exister, comme il avait laissé sa couronne à Guillaume, duc de Normandie , qui lui avait rendu de grands services , il se forma un parti contraire à l'exécution des volontés du roi d'Angleterre. Harald , fils de Goodwin (1), de ce même seigneur que toute la Bretagne accusait de la mort d'Alfred, frère du roi Edouard,

_____

(1) Goodwin , après la mort de Canut , sut, à force d'intrigue , se faire nommer ministre d'Edouard , fils aîné d'Ethelred ; celui-ci avait

forma une armée redoutable pour
s'opposer à la descente du duc de
Normandie, qui voulait faire valoir les droits que lui donnaient les

---

un frère qui, jeune encore, fut enfermé dans
le monastère d'Ely, et n'y vécut que peu
de jours. Un pareil sort était réservé à
Edouard; mais il se rendit en Normandie
à la cour de Robert, qui le reconduisit en
Angleterre. On soupçonna que Goodwin
était l'assassin d'Alfred; mais cet adroit scélérat trouva les moyens de se justifier et con-
serva son rang à la cour. Un jour, étant à
la table d'Edouard avec plusieurs seigneurs
anglais, le roi parla de la mort prématurée
d'Alfred, appela la malédiction du ciel sur
ses meurtriers. Goodwin, qui crut que ces

dernières volontés du roi d'Angleterre.

Adroit, brave, audacieux même,

———————————————

paroles s'adressaient à lui, se leva en disant :
Seigneur, je crois que vous me soupçonnez
coupable de la mort du prince votre frère ;
mais, pour vous donner une preuve certaine
de mon innocence, je prie Dieu que le
morceau que je vais manger me suffoque, si
j'ai trempé mes mains dans le sang du prince
Alfred. Il dit, et le morceau, s'arrêtant à sa
gorge, l'étouffa. Harald, son fils, en se faisant
reconnaître pour souverain de l'Angleterre,
eut à combattre une forte opposition qui lui
reprochait le crime de son père, et regardait
sa mort comme une punition éclatante de la
justice du ciel.

Harald s'était su concilier un grand
nombre de partisans , et ceux-ci ,
entraînant la multitude , qu'il est
facile d'égarer , le firent proclamer
souverain.

Il fallait qu'il se maintînt sur le
trône, et pour cela il leva une
grande quantité de soldats qui, réunis à ceux qui composaient les armées d'Edouard, formèrent bientôt une masse imposante qui semblait devoir s'opposer aux projets
de Guillaume.

Les troupes d'Harald étaient fortes de plus de quatre-vingt mille
hommes, presque tous couverts de
cuirasses et d'énormes boucliers

qui les empêchaient d'être acces-
sibles aux dards que les Normands
pourraient leur lancer dans les combats.

Harald, pour augmenter encore
le nombre de ses guerriers, fit sortir des prisons une foule de gens
qui y étaient enfermés, et en forma un bataillon qui devait toujours
marcher en avant, véritable réunion de brigands et de malfaiteurs
capables de faire trembler. Il fit aussi
un appel à tous les déserteurs en
leur promettant de grandes récompenses, si, pour réparer leurs premières fautes, ils faisaient quelque

action d'éclat, et de donner des grades à ceux qui se signaleraient.

Ces avantages, annoncés partout,
parvinrent de suite jusqu'au château antique qui servait de retraite
à Bedford et à ses compagnons.

Ce chef de brigands, homme
qui descendait de parens nobles,
et que la prodigalité, la débauche
avaient rendu odieux à sa famille,
forma tout-à-coup le dessein de se
frayer un chemin qui pût le rendre à la société ; il communiqua son
intention au comte Albert, qui
trouvait horrible le métier honteux
qu'il exerçait depuis quelques mois,

mais qui n'avait ni la force , ni **les** moyens de le quitter facilement.

Une occasion favorable se présente , dit le chef à Albert qui soupait toujours avec lui ainsi que Salisbreck; je crois qu'il faut savoir en profiter. Le prince Harald, qui vient nouvellement d'être proclamé roi d'Angleterre, va, dit-on, être attaqué par le duc de Normandie, secondé par une armée nombreuse où se trouve l'élite de la noblsse française ; il a besoin de soldats, et n'est pas très-difficile sur ceux qu'il enrôle sous ses bannières , puisqu'il a fait ouvrir toutes les prisons du royaume ; nous, qui avons eu le bon esprit de ne nous point laisser prendre, allons nous offrir, et demandons à combattre; avec de l'audace, plusieurs de nous qui sommes instruits parviendront à des grades supérieurs, et, si la victoire couronne les entreprises d'Harald, nous pourrons rentrer dans la société avec quelque honneur.— Ma foi, capitaine, dit à l'instant Salisbreck, je crois que nous ferons bien. D'ailleurs, les prisons ouvertes de toutes parts pourront fort bien amener ici quelques traîtres qui parviendraient à nous faire saisir, et alors nos trésors seraient perdus pour nous.

Il faut assembler la troupe et prendre, pour agir, l'avis de la majorité. Ah! dit vivement Albert, qui avait été contraint d'être brave presque malgré lui, si votre projet peut réussir et que le sort heureux puisse faire tomber en mes mains les auteurs de tous mes maux, je jure qu'ils périront. Puissent le comte de Bergerac, l'odieux Mortemer, être offerts à mes yeux, ils me paieront bien cher.... Il allait dire la honte où je suis en ce moment, mais il craignit d'offenser Bedford et n'acheva pas.

Le soir, le capitaine réunit sa troupe dans la grande salle souterraine; et, après un repas où le vin n'avait point eté prodigué, il leur tint ce discours :

Mes amis, vous dont la fidélité et le courage ne se sont jamais démentis depuis que vous m'avez nommé votre chef, je vais vous donner des preuves non équivoques de l'intérêt que je prends à votre sort à venir.

Voilà près de dix années que je vous commande, et pendant ce laps de temps vous avez exploité d'une manière fructueuse et les forêts et les grandes routes, et j'ai su, en régularisant vos actions, vous mettre à l'abri des poursuites de la justice,

et amasser des trésors immenses ;
mais tout est périssable, et les évènemens de la guerre qui doit avoir
lieu peuvent amener dans ces lieux
ou des Anglais vainqueurs, ou des
Normands accompagnés de ces
Français qui ont pour devise: *triompher en courant;* dans l'un ou l'autre
cas, nous pouvons être victimes; car
nous n'avons rien de ce qu'il faut
pour soutenir le choc de ces guerriers
qu'auront électrisés leurs exploits ;
ainsi écoutez la proposition que je
vais vous faire : si elle vous convient,
plusieurs d'entre vous sont à même
de rentrer un jour dans la société; d'a-
bord, je vais partager nos trésors,

et donner à chacun la part qui lui revient; puis, ceux qui voudront me suivre le pourront, en s'engageant sous les drapeaux du nouveau souverain d'Angleterre. Depuis long-temps nous ne redoutons point la mort, et je crois qu'il est moins affreux de la recevoir à l'armée que sur un échafaud.

La majeure partie des brigands cria : Vive notre chef Bedford! nous le suivrons partout où il lui plaira de nous conduire.

Les autres reçurent l'or que le capitaine leur donna, et se décidèrent à gagner les uns l'Ecosse, les

autres la Norwège et le Dane-
marck.

Quant à ceux qui restèrent,
pour être à même de s'enrôler sans
qu'on sût quel métier ils avaient
tous exercés, il fut décidé qu'ils se
sépareraient provisoirement.

Il se trouvait à quelques lieues de
Cantorbéry un château magnifique
dont le propriétaire venait de mourir; Bedford en fit l'acquisition,
mais au nom du comte Albert de
Rommilly, le paya comptant,
et s'y installa avec une suite de
vingt valets.

A fort peu de distance, il y avait
une métairie spacieuse; elle fut

achetée pour Salisbreck qui alla s'y établir avec plusieurs autres.

Les trésors qui restaient au capitaine furent placés dans un souterrain du château, et confié à la garde du vieux concierge du château de la forêt.

Tous ces arrangemens étant terminés, il restait au capitaine environ cent cinquante hommes déterminés à le suivre partout et à mourir s'il le fallait avec lui.

Voilà donc Albert, qui avait été réduit à un état déplorable, plus riche qu'il ne l'avait jamais été. Le temps qu'il avait passé en exerçant le périlleux métier de brigand lui

avait donné, non pas de la valeur, car ce beau sentiment n'appartient qu'aux âmes nobles, mais
une audace étonnante; et, comme
il devait tout au chef de la troupe
qui avait eu pour lui des égards, il
crut devoir le récompenser en se
conformant en tout point à sa volonté.

Bedford était depuis long-temps
sorti du comté de Pembrock qui l'a-
vait vu naître. Ce pays, éloigné de
soixante-six lieues de la capitale
de l'Angleterre, ne conservait presque plus aucun des parens de ce
chef des voleurs; en conséquence,
il ne craignit point d'être reconnu

en reparaissant dans le monde
d'ailleurs, pour éviter ce malheur,
il prit le nom de *Guilford* et le titre
de baronnet.

Il avait reçu une éducation assez
soignée, était bel homme, parlait
bien; tout cela, joint à sa richesse,
pouvait lui procurer les moyens de
réussir à tout ce qu'il voulait entreprendre. Quant à Albert, il n'a-
vait rien perdu de son astucieuse
hypocrisie; et, comme il avait gagné du côté de l'audace, il plai-
sait infiniment à son capitaine.

Il fallait se décider à aller trouver Harald, à lui offrir ses services,
et ce fut Albert qui, ayant été long-

4.

temps à la cour de France, connaissait le langage que l'on parle ordi-
nairement aux princes, qui fut
chargé d'aller trouver le nouveau
roi d'Angleterre.

Il se fit annoncer, et fut admis à
une audience particulière. Albert
possédait cette grâce et cette faci-
lité de s'exprimer qu'on retrouve
presque toujours dans un Français.

Prince, dit-il à Harald, on n'est
point citoyen pour être né par hasard dans un pays; mais on le devient véritablement quand, étant
venu chercher un asile contre la
perfidie, on fait respecter les lois.

de sa nouvelle patrie , s'armer
pour sa défense en lui consacrant
ses trésors et sa vie; c'est ce que je
veux faire en ce moment où l'on
prétend vous disputer une couronne
que vous tenez si légitimement des
vœux et du choix d'une nation courageuse. Il ajouta : Je ne suis point
Anglais; la France est ma patrie ,
et des biens immenses, situés dans
la Champagne, étaient mon pa-
trimoine, comme il avait été celui
de mes aïeux; mais des ennemis
puissans, des intrigues, des calom-
nies horribles m'ont perdu dans
l'esprit du régent de France, qui
n'a pas craint de prononcer mon

exil, comme il a prononcé celui de tous les Français qui n'ont pas manqué de le désigner comme un ambitieux qui veut envahir la puissance souveraine; c'est vous dire, prince, que je suis une victime de la tyrannie du comte de Flandres. Cependant loin de moi la pensée de prendre part à une guerre qui serait contre la France; je ne prétends vous servir que pour la défense de votre trône, que le duc de Normandie prétend, dit-on, obtenir.

Le ton noble d'Albert, sa manière de s'exprimer plurent au prince Harald.

Noble seigneur, lui dit-il, j'accepteavec reconnaissance l'offre que vous daignez me faire; j'ignorais jusqu'àprésent que mon pays possédât un Français aussi distingué.—Prince, je ne me contenterai point de vous présenter le faible secours de mon bras, j'y joindrai une compagnie d'hommes que je saurai amener devant vous à l'instant où l'on se disposera à combattre, et je vous promets qu'ils seront tous armés et équipés. — Comment récompenser tant de zèle pour ma personne? —En acceptant mes offres comme vous venez de le faire, je ne demande pas d'autre prix. —

Seigneur, vous êtes de droit commandant de la compagnie que vous me donnez, mais tout me porte à croire que vous seriez parfaitement placé à la tête d'un bataillon entier que je garderai toujours auprès de ma personne.

L'audace d'Albert n'était point de la valeur, et son intention n'était pas de se trouver exposé dans un moment aussi périlleux, surtout depuis qu'il savait que le nouveau roi d'Angleterre était de la plus grande bravoure. D'ailleurs il n'avait point encore parlé de Bedford ; et, celui-ci, chef suprême de la troupe disséminée, et qui était prête à paraître à son premier ordre, prétendait briller dans cette circonstance.

Prince, dit Albert qui avait toutes ses instructions, je rends grâce à la confiance que vous me témoignez ; je voudrais avoir les talens nécessaires pour commander un de vos bataillons ; mais dans une telle guerre il faut des hommes qui aient donné des preuves d'intrépidité, et je puis désigner un Anglais dont j'ai fait connaissance en arrivant dans ce royaume ; ses actions passées sont des garanties pour l'avenir ; j'aurai l'honneur de vous le présenter ; c'est à lui que vous devrez donner le titre de chef dont vous daigniez

m'honorer, et j'avoue que je me
ferai un devoir d'obéir à ses ordres.

Le prince Harald fut parfaitement satisfait de l'entretien qu'il
venait d'avoir avec Albert, et le
lendemain, à la même heure, il
le reçut dans son cabinet ainsi que
Bedford, qui fut annoncé sous le
nom de *Guilford*.

Celui-ci n'avait point l'éloquence
du comte; mais une certaine ru-
desse dans les manières, acquise
pendant dix années de brigandage,
une parole ferme, un regard vif,
une physionomie imposante firent
penser au roi qu'Albert ne l'avait
point trompé dans l'éloge qu'il en
avait fait; en conséquence, il fut

décidé que les soldats dont il avait parlé seraient réunis à quatre cents hommes, et formeraient un régiment qui prendrait le nom de *Guilford*.

Comme les soldats donnés par le prince Harald devaient être armés et habillés comme ceux dont le comte de Rommilly avait parlé, on s'occupa sur-le-champ de la confection de leurs habits.

Il y avait quelque chose de si original dans cet uniforme que ces hommes, une fois enrégimentés, reçurent le nom *de la troupe des brigands* ou des *Guilfords*.

Les cent cinquante hommes qui avaient été amenés par Bedford

5.

étaient porteurs de figures rébar-
batives qui étaient faites pour épou-
vanter; bientôt ceux qui se trou-
vaient avec eux prirent leur ton,
leurs manières. On nomma des officiers; et Bedford, fidèle à ce qu'il
avait promis aux siens, les choisit
parmi eux; toute cette troupe fut
cantonnée en attendant le moment
des hostilités dans un village près
duquel était situé le château qu'ha-
bitait leur chef.

La force de l'habitude portait
quelquefois ces brigands, devenus
soldats, à commettre des larcins sur
les pauvres voyageurs; mais Bedford parvint cependant à les en empêcher, au moins pendant le jour.

On fut encore près de trois mois
avant de se mettre en campagne,
et pendant ce temps Albert fut assez
souple, assez adroit pour devenir
le favori du prince qui ne se trouvait satisfait que quand il venait le
visiter.

Comme Harald avait des espions
qui lui rendaient un compte exact de
tout ce qui se passait en Normandie,
Albert, admis dans sa presqu'in-
timité, sut bientôt que le comte de Mortemer était arrivé à la
cour de Guillaume ainsi qu'Adalgis, que ce dernier surtout avait
obtenu les suffrages les plus flat-
teurs, et que le duc paraissait déterminé à lui confier un grand

commandement malgré son extrême jeunesse , qu'il l'avait em-
porté sur de vieux guerriers dont
la longue expérience pouvait permettre des succès. Adalgis , dit intérieurement le comte de Rommilly ,
si je pouvais te perdre et me venger sur toi de tous les malheurs
dont tu as été la cause !

Un soir qu'il causait confidentiel-
lement avec Bedford , à qui il n'a-
vait jamais parlé des maux qu'il
avait éprouvés de la part du comte
de Bergerac , il lui dit : Le croiriez-
vous , tous les chagrins qui me sont
arrivés ont été occasionnés par une
femme. — Qui vous a été infidèle ?

lui demanda le capitaine. — Non ,
car elle ne m'a jamais vu. — Et
comment pouvez-vous l'accuser?

Il fit un récit tout à son avantage,
et se garda bien de faire connaître
le marché honteux qu'il avait con-
clu avec le duc de la Garancière,
car il eût été fort mal reçu par Bedford qui disait sans cesse qu'un traître était mille fois plus à redouter
que ceux à qui dans la société on
donnait le nom de brigands ; il dis-
sertait souvent avec ses soldats sur
la fidelité et leur répétait : Je vous
pardonnerais tout excepté la trahison.

Je ne vous demanderai point, mon

cher Albert, si vous aimiez la fille du duc de Gascogne puisque vous ne la connaissez point.—Il est vrai ; mais, depuis qu'elle est devenue la femme du fils de mon ennemi , j'éprouve cet amour idéal que me cause la jalousie et la haîne que je porte au comte de Mortemer, au duc de la Garancière. — Eh bien ! il faut chercher les moyens de vous venger. — Et comment ? — Parbleu ! en cherchant à vous emparer de la jeune personne ; où est-elle ? — En France , dans le comté de Mortemer ; du moins, quand j'ai quitté ma patrie, elle y était attendue. — Il est bien malheureux pour vous qu'on soit sur le point de se battre, car j'enverrais deux ou trois des nô- tres avec des instructions, et je suis assuré que bientôt votre divinité inconnue serait en Angleterre ; dites - moi franchement , est- elle jolie? — On la dit charmante. — Jeune ? — Dix-sept ans, une taille de nimphe , des grâces , de l'esprit. — Diable! voilà de grands avantages réunis dans une même personne ; si j'étais bien as- suré qu'on fût encore quinze jours sans en venir aux mains............ — Que feriez-vous? —Mais...j'irais chercher votre belle....... — Ne se- rait-ce point pour vous ? — Mille

tonnerre! lui répond Bedfort en met-
tant la main sur la poignée de son
sabre , ne me connaissez-vous donc
pas encore ? et n'ai-je pas dit cent
fois en votre présence qu'un traître
était ce qu'il y avait de plus vil à mes
yeux? Si vous pouviez me croire
capable d'une lâcheté , vous auriez
ma vie ou j'aurais la vôtre. Albert,
qui n'avait pas envie de se mesurer
avec le capitaine , lui dit qu'il plai-
santait et qu'il lui rendait trop de
justice pour avoir le plus léger
soupçon.

Tant mieux , mon cher ; mais je
vous préviens que sur cette chose-

là je ne plaisante jamais. La paix fut
bientôt conclue , et Bedford s'occupa des moyens de s'emparer d'A-
thénaïs.

———————

CHAPITRE VII.

DEPUIS que l'astre du jour s'était levé sur les rivages de la Dive , les vaisseaux de Guillaume voguaient le long des côtes de la Picardie ; mais arrivés , à Saint-Valery , un calme pareil à celui qui enchaîna la flotte des Grecs dans les ports de l'Aulide retint les Français au rivage.

Dans leur impatiente ardeur ils réclament les vents au prix même d'une tempête, ils voudraient abor-

der l'Angleterre , dussent leurs na-
vires être fracassés par l'ouragan.

Mais l'armée se voit obligée d'ef-
fectuer un débarquement à Saint-
Valery où ils stationnent pendant
plusieurs jours. L'impétueux Guillaume est debout au milieu de sa
troupe consternée ; il rompt le silence rêveur de ses guerriers et fait
naître dans leurs âmes l'espérance
et la joie.

Compagnons , leur dit-il , levez-
vous ; le ciel a daigné exaucer vos
vœux et les miens ; un bruit sourd
et lointain a frappé mon oreille , il
m'annonce le retour des vents. Allons , nobles Français , partons ;

nous allons triompher des Anglais;
que dans deux heures tout soit prêt
pour l'embarcation.

Le corps d'armée que le duc de
Normandie avait confié à Mortemer
et Adalgis ne fut pas le dernier à
gagner les vaisseaux.

Guillaume allait abandonner St.-
Valery, quand on vint lui dire que
trois seigneurs, suivis de leurs
écuyers, sollicitaient la faveur de
lui parler un seul instant.

Le duc commanda qu'on les fît
entrer.

Tous trois portaient des costumes
de chevaliers et avaient la visière
baissée,

Seigneur , dit le plus grand des
trois , on n'a jamais trop de braves
quand on va tenter une expédition ;
je viens avec mes enfans , jeunes encore à la vérité , vous offrir le secours de nos flèches et celui de nos
épées , ainsi qu'une somme en or
dont vous pourriez avoir besoin. —
Seigneur , lui demanda Guillaume ,
ne puis-je savoir le nom que vous
illustrez par un devouement aussi
magnanime? — Ce nom et un secret
qui ne vous sera communiqué qu'en
Angleterre où bientôt vous plante-
rez vos étendards. Ne craignez de
la part de ces deux jeunes gens ni
faiblesse , ni lâcheté , ils sont Fran-

çais, et la tendresse filiale qui les fait mesurer en ce moment vous est un sûr garant de l'héroïsme de leur courage.

Eh bien ! dit Guillaume, en tendant chacune de ses mains aux deux chevaliers, soyez les bienvenus. Vous ne me quitterez point ainsi que votre noble père ; ce sera près de moi sous ses yeux que vous combattrez ; puisse le Tout-Puissant protéger nos armes, et je ne mettrai point de bornes à ma reconnaissance.

Le duc les quitta un instant pour aller donner ses ordres à une seconde colonne qui allait s'embar-

quer , et le comte de Bergerac , car
c'était lui qui venait de parler à
Guillaume , ne put retenir un sou-
pir. Vous l'avez voulu , madame ,
dit-il, et je me repends maintenant
de ma trop passive obéissance.

Déjà un tiers peut-être de nos
braves Français sont embarqués ;
votre père , votre époux......

Oh ! mon ami , reprit vivement
Athénaïs , croyez-vous donc qu'il
m'eût été possible d'exister dans nos
domaines , loin de tout ce qui m'est
chère ? Cécile et moi, en les voyant
partir sans presque verser des larmes , avions déjà formé la résolution
de voler sur leurs pas ; le ciel même

a puissamment secondé notre im-
périeux désir, puisqu'il a permis que
l'armée fût contrainte à rester en
station à Saint-Valery. — Oui, dit
Cécile gaîment, nous sommes guerriers, *Dieu le veut.* — Et qui peut
nous répondre de pouvoir approcher du comte de Mortemer ? reprit le brave Bergerac. — Tout nous
deviendra possible ! des filles cou-
rageuses , une tendre épouse sau-
ront vaincre les obstacles ; le véritable amour n'en connaît aucun. —
Mais songez donc , ma chère Athénaïs , que votre presence , en cas
que vous parveniez jusqu'à eux ,
peut affaiblir leur courage. — Af-

faiblir le courage de mon Adalgis ?
ah ! ne le croyez point ; il était
Français avant d'être mon époux, et
la gloire est une divinité qui ne connaît point de rivale. — Vous savez,
ajouta vivement Cécile, que nous
n'avons nullement la volonté de
nous faire reconnaître ; nous vou-
lons seulement être instruite des
évènemens de la guerre, ne point
en attendre des nouvelles au fond
du château de Mortemer. Ah ! la
crainte, le doute sont des tourmens
trop affreux ; si le malheur de les
savoir blessés l'un ou l'autre devait
nous arriver, je m'adresserais au
duc de Normandie, je lui révélerais

6.

notre secret, et nous obtiendrions de lui la permission de leur prodiguer nos soins , de leur donner enfin des preuves de notre extrême tendresse.

Le comte de Bergerac , tout en se repentant d'avoir cédé aux vives instances de Cécile et d'Athénaïs , ne pouvait s'empêcher d'admirer leur courage. Il se promettait intérieurement de ne pas les quitter , de s'exposer au devant des coups qu'on pourrait vouloir leur porter , et demandait au ciel qu'il daignât tripler ses forces.

S'il avait retrouvé les beaux momens de sa première jeunesse , lors de son combat , pour confondre un

traître , il se sentait nouvellement
animé pour protéger la beauté ver-
tueuse ; son attachement pour
Athénaïs et Cécile ressemblait presqu'à de l'amour , tant cette amitié ,
dont il avait déjà donné des preuves,
était vive et tendre ; il leur portait
les respects d'un amant et les soins
multipliés d'un père ; aussi en était-
il payé par la plus parfaite grati-
tude.

Thibeaud , qui n'avait point suivi
le comte de Mortemer, était l'écuyer
de Cécile; Athénaïs avait pris à sa
suite un des gens que lui avait donné
le duc de la Garancière lorsqu'elle
était venue habiter le château de

Mortemer , et le comte avait avec lui le fidèle Verdac. Elfrid , la jeune épouse de l'écuyer d'Adalgis , était restée au château, et elle seule savait en quel pays était sa maîtresse. On avait à dessein repandu le bruit qu'elle était allée à Périgueux, d'où elle devait , disait-on , amener la duchesse sa mère, afin qu'elle passât la belle saison avec elle ; par ce moyen on était parvenu à tenir tout le monde en haleine, et Elfrid, qui possédait toute la confiance d'Athénaïs , paraissait sans cesse occupée des embellissemens du château où la duchesse était censée devoir arriver d'un moment à l'autre.

Pauvre Elfrid ! combien elle éprouvait de chagrin en pensant à ce Robert qu'elle aimait si tendrement, et qu'elle appréhendait de ne plus revoir! Sa pensée se reportait sans cesse vers les côtes d'Angleterre, et chaque fois qu'il se présentait un étranger à la porte du château, soit pour y réclamer l'hospitalité ou pour tout autre motif, son cœur battait vivement ; elle cherchait à démêler dans les yeux du voyageur s'il n'était pas chargé d'annoncer des nouvelles fâcheuses. L'amitié qu'elle avait pour l'épouse d'Adalgis augmentait encore dans son âme les tourmens de l'amour.

Guillaume, après avoir passé en revue le reste de son armée, revint trouver le comte de Bergerac. Seigneur, lui dit-il, le vaisseau qui doit me porter jusqu'au rive de mon royaume n'attend plus que nous pour lever l'ancre ; je vous ai dit que vos enfans ne me quitteraient point et qu'ils seraient toujours avec vous, je tiens la parole que je vous ai donnée.

Le bâtiment qui portait le duc de Normandie, portait aussi une partie de l'élite des chevaliers français ; parmi eux on distinguait Robert, fils de Baumond, les sires de Montfort, de Thouars, Manneville,

Tournay , Malherbe , Lestrange ,
Courcy et Turstin-le-Blanc, auquel
était remise l'oriflamme bénite que
Rome avait envoyée aux Français ,
en appelant la bénédiction du ciel
sur leur glorieuse entreprise.

Soit que le duc de Normandie eût
quelques soupçons sur ce qu'étaient
les deux jeunes chevaliers, ou que
la pensée de ses propres enfans l'at-
tendrît en faveur d'Athénaïs et de Cécile, il eut pour elles les plus grands
égards ; il les traitait avec des respects qu'il ne témoignait à personne;
et le comte de Bergerac se persuada
que le secret qu'il prétendait cacher n'en était plus un.

Les vents favorables à l'entreprise de Guillaume enflent les voiles, et la flotte quitte le port de Saint-
Valery , en criant : Dieu le veut ,
guerre aux Anglais !

La joie remplit le cœur des Français et des Normands ; on compte
déjà les lauriers qu'on va cueillir.
Le fils courageux doit en composer
une couronne qu'il espère présenter à l'auteur de ses jours ; l'amant,
comblé des dons que lui a faits son
amie au moment du départ, doit l'en
récompenser en lui offrant les pal-
mes qui attesteront, et sa vaillance
et ses succès. Tout est espoir, tout
est bonheur pour ces nobles héros.

Chacun se livrait aux douces illusions de l'avenir, quand les nuages errans s'amassèrent avec une étonnante rapidité. Une nuit effrayante succéda tout-à-coup au plus beau jour.

Les marins frémissent ; l'onde, depuis long-temps paisible, se noircit, se balance et gronde en écumant ; les éclairs brillent coup sur coup ; la foudre gronde, roule avec fracas ; on ne distingue plus ni le ciel, ni les flots mugissans. Les vaisseaux s'entrechoquent ; les mâts, les bancs se brisent ; les clameurs des hommes en danger, le vacarme du tonnerre, celui de la pluie, de la grêle et des vents dechaînés em-

pêchent que la voix des vaillans
chefs soit entendue et rendent toutes les manœuvres impossibles.

Quel affreux spectacle pour nos
guerriers français, quand, aux clar-
tés verdâtres des feux célestes, ils
se voient debout sur leurs vaisseaux
à demi brisés ! Les uns sont élevés
jusqu'aux nues, les autres semblent
tomber dans le gouffre immense.

Dieu tout puissant, s'écria Guillaume, si mon projet t'offense,
prends-moi pour seule victime,
mais sauve mon armée ; cependant
tu connais les justes motifs qui
m'ont fait entreprendre la guerre ;
il s'agit de conquérir un trône qui

m'appartient maintenant, et d'en chasser le fils de l'assassin d'Alfred.

Au même instant son âme se sent élevée par le plus religieux senti-ment. On avait déposé dans son vaisseau, au moment du départ, la châsse qui renfermait les reliques de saint Valery ; il la fait porter sur le tillac du bâtiment ; tout-à-coup les vents mutinés s'appaisent (1), et

---

(1) Soit, dit un historien, que le duc de Normandie, dans un péril imminent, eût pensé à user d'un moyen religieux pour imprimer une grande confiance à son armée, ou soit qu'ayant aperçu dans les airs quelque présage consolateur, il eût voulu attribuer le retour

les rayons du soleil viennent se réfléchir sur le saint reliquaire et sur

---

du calme à un miracle, afin d'affermir davantage la confiance et la foi de ses troupes,
il fit apporter sur la poupe de son vaisseau la
châsse de saint Valery, l'un des plus véné-
rables *palladium* des chrétiens. A peine
l'eut-on sortie, disent les chroniques, que les
vents s'appaisèrent et le soleil reparut. Les
poètes, toujours prêts à s'emparer des faits
merveilleux, ont dit que le navire qui portait Guillaume avait été élevé jusqu'aux
nuages, et que, redescendant comme du
ciel sur les flots aplanis, il était entouré
d'une lumière divine qui semblait briller
parmi ses voiles et ses cordages ; qu'au même
instant parut l'étoile de Saturne, l'arc-en-

les boucliers de tous les braves qui
accompagnaient le duc de Normandie. Ceux-ci, les mains élevées vers
le ciel, qu'ils ne croyaient plus revoir, rendaient grâces à l'éternel
moteur de tous les évènemens, et
bientôt les voiles s'enflent de nouveau ; les vaisseaux sont à l'instant
portés avec une rapidité étonnante.
Les larmes de la joie coulent de
tous les yeux.

---

ciel pacificateur. Au bruit des vents, succè-
dent des concerts harmonieux; un éclair, qui
n'a plus rien d'effrayant, luit du sein de la
nue, et, au lieu du tonnerre menaçant, on
dit qu'on entendit ces mots : *Dieu veille sur
les armées qui vont conquérir l'Angleterre.*

Le premier objet qu'on aperçoit est le rivage de Pevensay, au comté de Sussex (1), où les guerriers débarquent en poussant des cris qui témoignent leur vive allégresse. Un combat s'engage, et les Anglais sont vaincus.

Cependant cette heureuse cir-

---

(1) Sussex, province maritime d'Angleterre, dans la partie méridionale, avec titre de comté. Ce pays est très-fertile en blé, en pâturage; on y trouve quantité de mines de fer; il y a des forêts immenses. Chester en es la capitale. Sa cathédrale est une des p belles de l'Angleterre; elle a un évêché dépendant de l'archevêché de Cantorbéry. Chester est à vingt lieues de Londres.

constance, ce bonheur presque inespéré et si fortement senti, est un motif qui engage à la prudence ; le duc voit tout l'avantage de sa position et veut en profiter.

Les Anglais avaient été étonnés de cette apparition inattendue ; car ils pensaient que la tempête avait détruit tous les vaisseaux de Guillaume.

Harald et les siens abandonnent en toute hâte le comté de Sussex, et se retirent jusqu'à Londres avec toute l'armée que déjà la terreur avait glacée de crainte.

Le duc de Normandie fit aussitôt repartir ses troupes. La première colonne commandée par Geoffroi Martel, comte d'Anjou, par les vaillans Montray, de Courcy, Mortemer et Adalgis, fut campée dans une plaine voisine du bois de Cantorbéry. Dix mille hommes, sous les ordres des sires de Montfort, de Thouars, furent placés sur une colline qui dominait les rivages de Pevensay. Guillaume posta le reste de son armée au sommet de la montagne de Sussex, d'où il pouvait communiquer avec les autres colonnes.

Avant de quitter le rivage, un de ses soldats courut à une cabane voisine, en arracha une poignée de chaume qu'il vint présenter au duc pour lui donner , selon l'usage des temps, l'investiture de l'Angleterre.

Le chef des guerriers forme de ce chaume un brandon, l'allume et le lance sur les vaisseaux , en disant à ses troupes qu'elles n'avaient plus que le choix de la victoire ou de la mort (1).

---

(1) Plusieurs historiens disent que Guillaume brûla ses vaisseaux; d'autres assurent que , profitant des vents , après avoir débarqué , il les fit revirer, et les renvoya en Normandie, et qu'il ne livra aux flammes que celui qui l'avait apporté , après en avoir fait enlever tous ses trésors, et la châsse de saint Valery qu'il fit porter en procession dans l'église de Chester.

A la nouvelle de la descente des Français sur les terres d'Angleterre, toute la noblesse de la Grande-Bretagne, qui s'était tenue éloignée de Harald, dont elle n'avait point sanctionné le pouvoir illicite, se rallia au moment du péril; ce n'était point lui qu'on voulait défendre, mais la patrie envahie par les Français.

Ce secours inattendu redonna de l'audace au souverain de l'Angleterre, et rehaussa le courage de ses soldats.

Pendant les jours qui précédèrent la bataille, Cécile et Athénaïs cherchèrent tous les moyens de s'appro-

cher de la première colonne afin
d'obtenir des nouvelles des objets
qui leur étaient chers ; mais, si ce
désir les animait, la crainte d'être
reconnues retenait leurs pas.

_ Le comte de Bergerac eût bien
pu s'y rendre ; mais Mortemer et
son fils, en le voyant arriver, eus-
sent éprouvé les plus vives inquiétudes sur le sort de celles qu'ils
avaient laissées à leur château.

Tandis que les deux jeunes personnes étaient occupées à réfléchir
comment elles pourraient se procurer le bonheur de voir un seul
instant ceux pour qui elles s'é-
taient exposées à tant de fatigues et

de périls, le duc de Normandie
convoqua tous les chefs de son armée dans la vaste plaine que dominait son camp; ils devaient s'y
trouver tous réunis le lendemain
aux premiers rayons du soleil.

Guillaume voulait consulter les
plus vaillans de ses guerriers sur un
projet que lui inspirait son humanité. C'était peu pour ce grand capitaine de contenir ses troupes dans
une discipline sévère, de veiller à
ce qu'ils respectassent les propriétés
des Anglais, et de traiter en ami
ceux qu'il voulait qu'on regardât
comme ses enfans; il voulait, autant qu'il était en lui, empêcher

que le sang ne fût répandu ; en conséquence de ses intentions pacifiques, il crut devoir envoyer des ambassadeurs chargés de faire des propositions à Harald ; propositions faites pour prouver qu'il était bien digne du trône pour la possession duquel il s'était armé.

Ma chère Athénaïs, dit le comte de Bergerac qui avait entendu le duc donner l'ordre de la convocation de l'assemblée, demain, au lever du soleil, vous verrez votre époux, votre père; ils seront ici. Le prince qui, sans me connaître nominativement, a daigné me croire digne de sa confiance , et je ferai partie de son conseil.

Comme il disait ces mots : Guillaume parcourait son camp ; il entra dans la tente où étaient Athénaïs et Cécile , sans y avoir été annoncé ; l'une et l'autre étaient assises devant une table sur laquelle leurs casques étaient posés.

Le duc de Normandie demeure comme fixé à l'entrée de la tente , qui était devenue le sanctuaire de la beauté et des grâces.

En ce moment la crainte, l'émotion sont peintes sur les deux plus jolies figures qu'on puisse voir; un vif incarnat les colore et vient encore en augmenter les charmes.

Athénaïs, troublée, prend son casque, espérant ainsi se dérober aux regards de Guillaume ; mais sa main tremblante le laisse échapper ; il roule jusqu'aux pieds du duc, qui le ramasse avec empressement, et le présente à l'épouse d'Adalgis.

Madame, lui dit-il, vous venez, sans le vouloir, de confirmer mes doutes ; car, depuis l'instant où ce brave chevalier vous a amenée à Saint-Valéry, j'étais presque certain que vous apparteniez à ce sexe charmant qui donne chaque jour des preuves de courage et d'héroïsme filiale. De nobles sentimens vous guident, et vous avez voulu accompagner votre père....

Prince, dit vivement Bergerac, puisque le hasard vous a fait connaître un secret que ces dames désiraient envelopper des ombres du mystère, je dois vous parler franchement et ne plus garder l'anonyme : vous voyez en moi le comte de Bergerac, l'ami du seigneur Adalgis, et le protecteur et chevalier de sa noble épouse ; c'est elle que vous voyez en ce moment avec avec la fille du comte de Mortemer. Je n'ai pu résister à leurs vives instances ; et j'ai pensé qu'en les ame-

nant avec moi elles seraient à même
d'obtenir quelque tranquillité, puisqu'à chaque instant elles pourraient
obtenir des nouvelles des objets qui
les intéressent; et ma conduite, si
elle vous semble répréhensible,
trouvera son excuse dans son motif
même.

Vous m'avez bien jugé, seigneur,
répond le duc; mais à présent,
mesdames, ajouta-t-il en s'adressant à Athénaïs et à Cécile, souf-
frez que je vous donne un asile
plus digne de vous.—Ah ! seigneur,
veuillez nous permettre de rester
inconnues pour tout le monde, dit
l'épouse d'Adalgis, que notre père

8.

ét mon époux ne sachent point que
nous sommes si près d'eux ; je ne
vous demande qu'une seule grâce.
— Votre sexe doit commander. —
Si mon époux et mon père venaient
à être blessés pendant les combats,
permettez que je sois assez près
d'eux pour être à même de leur
prodiguer mes soins ; tels sont mes
désirs et ceux de la fille du comte
de Mortemer.— Eh quoi ! vous pré-
tendez vous exposer au moment
d'une bataille. — Je ne crains rien,
seigneur, tout ce que j'aime va
donner des preuves de courage, et
je ne serai point la dernière qui
lancera des flèches sur le camp

ennemi ; fille et femme de braves guerriers , je n'éprouverai d'autre crainte que celle de voir l'un des objets de ma vive tendresse atteint de quelques traits que je voudrais recevoir en sa place. Ah! s'il m'était permis de me réunir à la colonne que commande Adalgis , je jure , par tout l'amour que je lui porte, que je serais sans cesse à ses côtés, et que, s'il courait quelques périls , j'aurais cessé d'exister avant qu'on pût arriver jusqu'à lui.

Guillaume admira le courage d'Athénaïs ; cependant il ne consentit point à ce qu'elle allât rejoindre son époux ni son père ; il ne parut s'y opposer que par la crainte qu'il ne lui arrivât quelque malheur; mais sa véritable pensée était la crainte d'affaiblir le courage d'Adalgis, sur lequel il comptait beaucoup.

Madame, lui dit-il, je ne puis céder à un désir qui vous honore; car trop de dangers vous menacent, et maintenant je dois répondre de vous; tandis que le héros de la Gascogne (c'était le nom qui était resté au fils de Mortemer) se consacre aux succès de la conquête d'Angleterre, mon devoir m'impose la loi de conserver celle qui peut seule lui donner le bonheur.

Vous resterez, ainsi que votre noble sœur, avec le corps d'armée que je vais commander; vous serez sans cesse près de moi, ainsi que le comte de Bergerac, et je jure que chaque jour vous aurez des nouvelles de votre père et de votre époux; vous pourrez les voir: demain au lever du soleil ils seront ici; mais vous ne vous ferez point connaître: placées à mes côtés, vous serez censées l'une et l'autre être deux jeunes seigneurs normands; vous serez témoins de la haute estime que j'ai pour le vaillant Adalgis et pour son noble père.

Athénaïs et Cécile virent bien

qu'elles n'obtiendraient point la
faveur de passer dans la colonne
que commandaient les deux Mortemer, et, pour jouir du bonheur
de les voir le lendemain, elles té-
moignèrent toute leur reconnaissance au duc.

Le lendemain, bien avant le lever
du soleil, Verdac les prévint qu'un
des écuyers de Guillaume venait
d'amener trois chevaux richement
enharnachés. Voilà, ajouta-t-il, un
billet qu'il m'a remis.

Le comte de Bergerac lut :

« Seigneur je vous engage à venir
« avec vos deux fils à l'assemblée
« qui doit avoir lieu ; la place que

« je leur assigne est près de moi ;
« mais j'exige d'eux sur l'honneur
« qu'ils ne se fassent point connaî-
« tre, quelle que soit la joie qu'ils
« éprouveront en voyant les êtres
« qui leur sont chers.

« GUILLAUME, duc de Nor-
mandie. »

Cher Adalgis, je vais te voir, dit
vivement Athénaïs. O mon Dieu !
permets que je sois assez maîtresse
de l'émotion que j'éprouverai pour
ne point me trahir.

Les mêmes sentimens animaient
la tendre Cécile. Hélas ! se disait-

elle, être si près de mon père et ne pouvoir le presser dans mes bras ! Combien il va m'en coûter ! mais je saurai imposer silence à ma tendresse.

En peu d'instans nos deux jeunes guerrières sont prêtes à monter à cheval. Rien n'était brillant comme leur monture. Athénaïs, vêtue en homme, n'était point d'une taille trop petite; mais Cécile ne paraissait pas avoir plus de quatorze ans.

Enfin, l'un et l'autre, la visière baissée, l'arc attaché au dos ainsi que le carquois, se tenant à cheval avec grâce, arrivent au lieu où dévaient se réunirent tous les chefs de l'armée. Le duc et ses principaux officiers y étaient déjà.

Le comte de Bergerac s'avance près de lui : Prince, dit-il, je vous donne ma parole pour mes deux fils; ils se conformeront en tout à ce que vous exigez d'eux.

Je la reçois, répond Guillaume en lui serrant affectueusement la main ; au même instant il fait faire quelques pas à son cheval, et se trouve entre Cécile et Athénaïs, leur parle avec les plus grands égards, en sorte que les chefs de son armée se persuadèrent que ces deux jeunes guerriers étaient ou

9.

ses fils ou ses neveux ; et l'on regardait le comte comme leur écuyer.

Il y avait à peine dix minutes qu'Athénaïs était là , quand on vit les premiers rayons du soleil dorer la montagne de Sussex. Bientôt un nuage de poussière vint les obscurcir. Il était causé par l'arrivée de dix nobles seigneurs, parmi lesquels étaient Adalgis et son père. Athénaïs et Cécile se regardèrent, et leurs soupirs éloquens apprirent à Guillaume ce qui se passait dans leur âme; il leur dit à mi-voix : Songez à votre promesse.

Je suis digne de la confiance dont

vous m'honorez, fut toute la réponse
que fit l'épouse d'Adalgis, dont les regards perçaient déjà le nuage qui lui
dérobait la vue de son époux ; enfin,
il approche , ce n'est point une illusion ; le jeune héros , monté sur
un coursier magnifique , arrive
dans la plaine en bondissant ; les
hennissemens de l'impétueux cheval
retentissent , et sont répétés par
les échos de la montagne. Le comte
de Mortemer , Geoffroi d'Anjou ,
Maubray et autres arrivent succes-
sivement.

Athénaïs rend grâce au ciel ; tout
ce qu'elle chérit jouit d'une santé
florissante ; Cécile, moins coura-

geuse que sa belle-sœur, est sur le
point de se trahir, car son père est
près d'elle; il parle au duc, lui
rend un compte détaillé de tous les
mouvemens qu'on a été obligé de
faire exécuter par la première colonne pour empêcher les troupes
d'Harald de s'emparer des hauteurs
d'Hastings.

Être si près de son père, entendre sa voix chérie, et ne pouvoir
lui dire : Ta tendre fille est à tes
côtés ; elle t'entend et ne peut te
parler ; c'était pour Cécile une
peine qu'elle n'avait jamais éprouvée.

Pendant que les chefs normands

et français discutaient ensemble ;
Athénaïs ne considérait qu'un uni-
que objet ; ses regards étaient cons-
tamment attachés sur son époux ;
tout l'univers avait disparu pour
elle. Quelle fut sa joie, son bonheur,
quand elle entendit le duc de Normandie, à la fin de la conférence
qui venait d'avoir lieu, nommer
Roger de Beaumont et Adalgis ses
ambassadeurs auprès de celui qui
occupait le trône d'Angleterre, et
qu'elle entendit l'acclamation de
toute la noblesse réunie, confirmer
le choix que le duc venait de faire !

O mon Adalgis, se dit-elle intérieurement, que je suis fière de

t'appartenir ! ils t'admirent comme
le héros de ton siècle; ah! puisses-tu
réussir et combler les espérances de
toute l'armée!

Avant que les seigneurs retour-
nassent à leurs postes respectifs, le
duc leur fit servir, dans la plaine,
un repas splendide. On avait, à cet
effet, dressé des tentes dès la
veille au soir, et, pendant près de
trois heures que dura le festin, des
troupes de chanteurs, qui dans ce
temps suivaient toujours les armées,
chantèrent des hymnes composés
en l'honneur des braves. A la fin
du repas on apporta la coupe de
l'amitié; Guillaume la prit, et, se

levant, il dit : Je bois à tous les guerriers qui me secondent dans ma glorieuse entreprise. En achevant ces mots, il donna la coupe à Athénaïs, qui était assise à côté de lui; en la prenant, sa main trembla; mais, se souvenant alors de la parole qu'elle avait donnée à Guillaume, elle leva un peu la visière de son casque, porta la coupe à ses lèvres, puis la présenta à celui que le duc venait de nommer son ambassadeur.

Adalgis regarda attentivement la main du jeune guerrier qui lui présentait la coupe; cette main est celle d'une femme; il ne peut en

douter, il regarde ; mais la visière
du casque est rebaissée, sa curiosité ne peut être satisfaite ; il
éprouve une émotion, un trouble
intérieur dont il ne peut définir la
cause ; il voudrait s'approcher du
prétendu guerrier, entendre sa voix ;
puis il se reproche cette indiscrétion :
insensé que je suis, se dit-il, pourquoi vouloir pénétrer un secret
qui est peut-être celui de l'amour ?
Ah ! ne troublons le bonheur de
personne. Sans doute que l'amant
de cette femme, son époux peut-
être font partie de nos braves frères
d'armes ; qu'il est heureux d'ins-
pirer tant d'amour !

Le duc jouissait du trouble qui paraissait empreint sur les traits du fils de Mortemer, et ne pouvait se lasser d'admirer en même temps le courage d'Athénaïs ; il voulut l'en récompenser.

D'abord il s'adressa au comte de Mortemer : Seigneur, lui dit-il, les preuves que vous me donnez de votre zèle pour les intérêts de mon royaume me font penser que, quel que soit le poste que je puisse vous assigner pendant la guerre, vous daignerez l'accepter. — Parlez, prince, en me rangeant sous vos étendards j'ai fait serment de vous obéir. — Si les propositions qui vont être faites à Harald par mon ambassadeur ne sont point écoutées, la guerre éclatera avec une violence extrême. En avançant sur le territoire anglais, je dois espérer des succès; mais je dois aussi craindre quelque perte. La prudence, sans laquelle un capitaine ne mériterait pas de l'être, me commande de prendre des mesures utiles en cas que l'on soit obligé de rétrograder; ainsi je laisserai dix mille hommes à Chester dont je vous nomme gouverneur; c'est vous donner une preuve de toute ma confiance, puisqu'en cas d'évènement fâcheux vous serez

chargé d'assurer la retraite de l'armée.

Le comte de Mortemer eût pré-
féré rester au commandement de la
première colonne, car c'était celle
qui devait commencer l'attaque ;
néanmoins il accepta le gouverne-
ment de Chester, et promit au
duc de faire en tout ses intentions.

J'ai encore une prière à vous
faire, lui dit Guillaume. — Ordon-
nez. — Je vais confier à votre bonté
un jeune guerrier qui m'est bien
cher et que je ne pourrais voir
exposé à mille périls ; il appartient
à l'un des plus braves français, à
mon compagnon d'armes, à mon

ami. Il est venu me trouver à l'insu
de son père pour prendre part à la
conquête de l'Angleterre. La visière
de son casque , toujours baissée,
vous dit assez qu'il craint d'être
reconnu. — Mais , seigneur, votre
ami sait-il que son fils ?...—Non, il
ne le sait point encore ; mais aujourd'hui on l'en avertira. Au
même instant le duc fit un signe à
Cécile ; elle vint près de lui. Jeune
homme , lui dit-il, je vous confie
au comte de Mortemer , suivez en
tout ses avis , et rendez-vous avec lui
au château de Chester, où j'irai moi-
même ce soir afin de m'occuper des
approvisionnemens nécessaires à

l'armée, qui va rester pendant quelques jours dans cette ville et dans les environs.

Cécile ne put cacher ni sa joie, ni sa reconnaissance ; elle prit la main du duc, la pressa sur son cœur, et lui dit tout bas : Et mon frère?... —Rassurez-vous, lui répond Guillaume, je veillerai sur lui ; mais songez à ne vous faire connaître qu'à l'instant où vous serez au château de Chester.

Quelques minutes après, le comte de Mortemer se rendit à sa destination, suivi de la personne qui venait de lui être confiée. Quelle fut la joie de ce tendre père au moment où,

se trouvant dans une des salles du
château , Cécile jeta son casque sur
un meuble et se précipita dans les
bras de son père ! Combien Mortemer ressentait de reconnaissance
pour la conduite que Guillaume venait de tenir à l'égard de sa fille !
Celle-ci , cependant , eut quelques
tendres reproches à souffrir ; mais
un si noble motif l'avait déterminée
à céder aux désirs d'Athénaïs ,
qu'elle obtint promptement le pardon d'une imprudence dont la piété
filiale et la tendresse d'une épouse
avaient été les seules causes.

Pendant la journée , Mortemer et
sa fille n'étaient point sans quelque

inquiétude relativement à Athénaïs. Vers le soir, Guillaume vint
au château et les rassura entièrement.

Dès que le comte de Mortemer
eut quitté l'assemblée, le duc
s'adressa à Adalgis : J'ai pensé, lui
dit-il, que la prudence de votre
noble père pourrait m'être utile
dans une ville où je laisserai un
corps de réserve. Je lui ai confié un
jeune enfant qui veut faire son ap-
prentissage dans l'art de la guerre.
Je ne pouvais le remettre en de
meilleures mains. Vous voyez à fort
peu de distance de moi ce jeune
guerrier qui dérobe ses traits à tout

le monde ; je vais vous le donner ;
il vous suivra en qualité de secrétaire ; ne cherchez pas à le connaître, vous me désobligeriez......
— Mais, seigneur, vous êtes assuré
de sa discrétion, de sa prudence?
— Comme de la vôtre. — Ne puis-je
donc voir ses traits? — Cela est impossible à présent. — Je ne sais,
mais sa tournure, sa main, que j'ai
considérée ; tout me portait à croire
que c'était une femme. — C'est une
erreur de votre imagination. —
Quel est ce chevalier qui l'accom-
pagne?—Son écuyer, homme d'honneur, dont je vous réponds autant
que de lui....

Allez m'attendre dans ma tente, et dans un moment j'irai vous donner vos instructions.

Adalgis se retourna pour regarder ce nouveau compagnon d'ambassade, et ses doutes augmentèrent. Oui, se disait-il, à sa tournure je reconnais ce sexe adoré, cette main d'un albâtre rose, cette main qui me semblait tremblante. Tremblante!.. Et pourquoi aurais-je été assez heureux pour faire naître cette émotion?... Insensé ! où se porte mon imagination ! Athénaïs ! ah ! quels que soient les attraits de cette femme, toi seule fais palpiter ce cœur où tu régneras éternellement..

10,

Mais comment se peut-il que le duc
qui sait qui elle est me la confie?
Peut-être qu'elle est l'épouse ou la
fille d'un de nos frères d'armes ; le
duc m'estime assez pour la remettre
à mon honneur : eh bien ! je serai
digne de l'opinion qu'il a de moi.

Tandis qu'il raisonnait ainsi , le
duc de Normandie s'entretenait
avec Athénaïs et le comte de Bergerac.

Madame , dit-il , je viens vous
convaincre de la haute estime que
vous m'avez inspirée. Combien vous
avez dû souffrir de ne pouvoir vous
jeter dans les bras de votre époux !
J'ai admiré votre courage, madame,

autant que j'admire votre beauté; et,
comme une femme telle que vous
n'est point capable de connaître la
crainte ni de la faire partager à son
mari, vous allez accompagner le vôtre jusqu'à Londres, et si, au retour
de l'ambassade, la guerre est inévitable, alors je vous supplierai de vous
réunir au comte votre père, et de
demeurer au château de Chester
jusqu'à l'instant où mes troupes seront maîtresses de tout le royaume
d'Angleterre; mais, ajouta-t-il
avec gaîté, Adalgis est dans une
grande inquiétude; il ne vous re-
connaît point, et semble mécontent
que je lui donne une femme pour

secrétaire. Seigneur, lui demanda-
t-elle, à quel instant cessera mon
incognito pour lui ? — Quand vous
le voudrez ; mais que qui que ce soit
à l'armée ne vous connaisse. Je ne
voudrais pas par cet exemple autori-
ser l'arrivée de quelqu'autre femme;
il en est fort peu qui aurait autant
de prudence et de courage que l'é-
pouse du vaillant Adalgis. Venez ,
je vais vous présenter à votre mari
comme le secrétaire de mon ambassadeur.

En effet, Athénaïs , au comble
de la joie , accompagnée de Bergerac et suivie de deux écuyers , se
rendit à la tente de Guillaume , où

ellé vit Adalgis assis devant une
table la tête appuyée sur ses mains
et dans l'attitude d'un homme qui
réfléchit.

L'arrivée du duc le tira de sa rê-
verie ; il se leva , et, par un mouvement qui était le résultat de sa
dernière pensée , il salúa respectueusement Athénaïs.

Voilà, lui dit le duc , le jeune
secrétaire dont je viens de vous
parler , et je suis bien certain que
vous me saurez un gré infini du
choix que j'ai cru devoir faire pour
vous. — Seigneur , dit Athénaïs.,
sans même chercher à déguiser sa
voix , car ils étaient seuls dans la

tente du chef des Normands , j'espère mériter la confiance de votre
ambassadeur.

Grand Dieu ! s'écrie Adalgis
transporté, quelle voix ! Athénaïs ,
ma chère Athénaïs !... est-ce une
illusion ? est-ce ta voix chérie que
je viens d'entendre ?

Athénaïs ôte son casque , se pré-
cipite dans les bras de son époux ,
et pour un moment l'univers entier a disparu pour ces fortunés
amans.

Le duc jouissait de ce ravissant
spectacle ; il s'applaudissait de la
conduite qu'il avait tenue.

Qui peut exprimer la joie, la re-

connaissance du fils de Mortemer ?
Il s'était rangé sous les drapeaux de
Guillaume par obéissance aux volontés de la cour de France, et par
honneur : maintenant l'amitié qui
l'attache au duc va centupler son
énergie. Il est avec son épouse ; son
père, sa sœur sont près de lui ; en
combattant les Anglais, il va servir
la cause de la gloire, et défendre
en même temps les objets de sa
tendresse. Mais, avant de sortir de
la tente de Guillaume, il fait pro-
mettre à Athénaïs que, si les propositions qu'il va faire à Harald ne
sont point écoutées, si le combat a
lieu, comme tout le fait présumer,

elle ne le suivra pas sur le champ
de bataille, et se retirera au château de Chester.

Athénaïs le lui promit, et les deux
époux quittèrent le duc pour se rendre à Londres, suivi de tout ce qui
pouvait donner un grand appareil
à cette ambassade. Le comte de
Bergerac ne les quitta point et passa
toujours pour le père du secrétaire
de l'ambassadeur français,

~~~~~~~~~~~~~~~~~~~~~~~~~~~~~~~~~~~

CHAPITRE VIII.

LE comte Albert, qui avait gagné la confiance d'Harald, commençait à jouer un grand rôle à la cour d'Angleterre comme il l'avait joué pendant quelque temps à la cour de France.

Les retards apportés au combat lui avaient donné assez de temps pour faire partir deux des brigands munis d'instructions, afin de pénétrer dans le château du comte de Mortemer, pour en enlever l'épouse d'Adalgis. On pense bien que l'a-

mour ne le faisait point agir , puisqu'Athénaïs lui était inconnue ;
mais le désir de se venger de Mortemer était devenu un besoin pour
lui. Il était trop lâche pour se mesurer avec de nobles guerriers ;
mais ravir une fille, une épouse à
ses ennemis était une action digne
de lui, surtout ne courant point
les périls que pouvait lui causer
un enlèvement.

Ses agens , munis de fausses lettres , devaient se présenter au château , et annoncer à l'épouse d'A-
dalgis que son époux , blessé dans
un combat, la demandait. Les lettres
étaient censées venir, l'une du duc

de Normandie, et l'autre d'un des officiers principaux de l'armée : l'une annonçait la mort du comte de Mortemer, et l'autre, le danger qui menaçait les jours de son fils.

Les deux envoyés, dont l'un était ce même Salisbreck qui avait trompé Albert avec tant d'adresse lors de la vente des diamans, arrivèrent à Mortemer, se présentèrent au château, se disant venir de la part du duc de Normandie.

On les conduisit près d'Elfrid qui fut glacée d'épouvante en considérant l'air de tristesse de ces deux hommes dont les costumes ressemblaient à ceux des guerriers français.

Seigneurs, leur dit-elle, vous arrivez des rives de l'Angleterre, et vous apportez sans doute des nouvelles....

Oui, madame, répond Salisbreck, les plus tristes nouvelles. Le comte de Mortemer.... Je n'ose porter à sa fille un coup aussi funeste. — Je ne suis ni la fille du comte, ni l'épouse de son fils.—En ce cas, faites-nous parler à la comtesse à qui nous devons remettre une lettre de la part du duc de Normandie. — Seigneur, cela est impossible; madame et sa sœur sont allées rejoindre l'armée. — Hélas! elles y arriveront pour assister aux funérailles du comte de Mortemer, et pour être témoins de la mort du seigneur Adalgis.

Grand Dieu! s'écrie Elfrid, que m'apprenez-vous! — L'affreuse vérité.... Recevez ces lettres; et, puisque vous êtes l'amie de la famille de Mortemer, vous devez prendre connaissance de ce qu'ont écrit le duc de Normandie notre souve-rain, et l'un de ses officiers géné-raux.

Elfrid lut en frémissant, et apprit ensuite aux deux brigands qu'A-thénaïs et Cécile, vêtues en guerriers français, étaient allées trouver le duc de Normandie, et qu'elles étaient accompagnées du comte de Bergerac. Comment ! ne les avez-vous point vues arriver au camp des Français? Ma chère maîtresse ! ajouta-t-elle ; ah ! pourquoi a-t-elle voulu faire ce funeste voyage? — Ainsi, notre message est trop tardif; cependant nous avons fait une extrême diligence, et nous sommes accablés de fatigue.

Elfrid était trop affligée pour penser même à leur offrir de se reposer; cependant, comme ils tenaient à l'extrême habitude de ne jamais quitter un château sans en enlever quelques objets, ils demandèrent qu'on leur permît de se reposer seulement un jour.

Ah ! pardon, seigneurs, leur dit Elfrid ; mais, tout à ma douleur, je ne puis m'occuper d'autre chose.

Au même instant, elle appela un des gens du château, donna des ordres, et les prétendus envoyés du duc de Normandie furent conduits dans un appartement ; et, comme il était déjà tard, on leur porta à souper en leur disant de la part d'Elfrid qu'ils pouvaient demander tout ce dont ils auraient besoin.

Les honnêtes gens sont sans défiance ; et d'ailleurs l'extrême affliction qui s'était répandue sur toutes les personnes du château ne permettait aucune espèce de sur-

veillance ; les scélérats en profitè-
rent, et pendant la nuit ils enle-
vèrent plusieurs objets précieux
qui étaient dans le bureau de la
chambre où ils avaient couché.

Le lendemain, au jour, ils des-
cendirent dans la salle où Elfrid les
attendait. Elle avait passé une partie de la nuit à écrire à Athénaïs,
persuadée que ceux qui se disaient
les envoyés de Guillaume pourraient remettre sa dépêche.

Seigneur, dit-elle à Salisbreck,
voici une lettre pour ma chère maîtresse ; je vais vous prier de vous
charger de cette bourse qui con-
tient deux cents pièces d'or, dont

il serait possible que les filles du comte de Mortemer aient besoin.

La lettre est reçue ainsi que l'or; et les deux fripons, bien satisfaits et instruits du lieu où était Athénaïs, regagnèrent un des ports de l'Angleterre; où ils eurent encore assez de bonheur pour trouver à s'embarquer. Ils s'étaient informés des pays que les Français et les Normands occupaient; ils eurent grand soin de s'en éloigner, et arrivèrent à Londres quatre jours avant celui où Adalgis y fit son entrée comme ambassadeur du duc de Normandie.

Eh bien! demanda Albert, quel

est le succès de votre voyage?—
Ma foi ! lui répond Salisbreck, l'é-
pouse du seigneur Mortemer n'est
point à son château, et tout me
porte à croire qu'elle est au camp
de Guillaume.

Il fit un récit exact de tout ce
qu'Elfrid leur avait dit. Eh bien !
reprit Bedford, voilà qui est à mer-
veille ; si la victoire nous est favorable, l'épouse de votre ennemi,
ne pourra pas manquer de tomber
en notre pouvoir. Allons, comte
Albert, il faut tâcher d'aller attaquer un des premiers cet Adalgis
que vous haïssez tant. Corbleu ! se
venger de ses ennemis et s'emparer

d'une jolie femme, il y a là de quoi enflammer le courage de l'homme le plus calme.

Bedford qui était brave pensait ainsi; mais le comte de Rommilly n'était pas d'un caractère assez déterminé pour jamais agir d'une manière offensive; en conséquence il dit seulement : Il faudra, pour agir, attendre la première occasion. D'abord ajouta-t-il, comme je suis bien assuré que la jeune personne ne se trouvera à aucune bataille, il faudra, à l'aide de quelque espion, connaître le château où son père et son époux les laisseront, et alors on pourra agir avec plus d'assu-

rance.—Savez-vous bien, Albert
que je commence à ne pas vou
croire très-brave? Eh bien! si vou
n'avez pas assez d'audace pour al
ler enlever une femme, je vo
donnerai une leçon; mais, si je réus
sis, la belle sera pour moi. Con
sentez-vous à ce marché? Parlez,
et je vous jure, foi de brigand......
Eh! corbleu! j'oublie que je suis officier des armées du prince Harald...
Eh bien! je jure, foi d'officier, que
celle qui, dites-vous, vous avait
été promise sera bientôt à moi;
voyons, répondez clairement.—
Oui, je vous cède mes droits.—Et
les périls que je pourrai courir,
n'est-il pas vrai?

Albert consentit, et le capitaine
des brigands fut convaincu que,
d'après le caractère que le comte
montrait , ce ne pouvait être
qu'en punition de quelque lâcheté qu'il avait été contraint de
sortir de sa patrie , qui était le
territoire des braves. Cette pensée lui donna lieu de croire que
Mortemer et son fils devaient être
des gens pleins de cœur et de courage, et dès-lors il conçut pour eux,
sans les connaître , une estime véri-
ble, et méprisa le comte de Rommilly. Ce Bedford n'avait pas toujours eu des mœurs dépravées ; des
passions impétueuses , de mau-

vaises compagnies, une fortune immense et des parens qui l'avaient
abandonné à lui-même à peine au
sortir de l'enfance avaient causé
les malheurs de sa vie. Il connaissait l'indignité de sa conduite, mais
il avait été si long-temps coupable
qu'il ne se sentait point assez de
force pour abandonner la carrière
du vice, pour laquelle il éprouvait
néanmoins une secrète horreur.

Ce fut même à elle qu'il dut la
pensée de licencier sa troupe et
de chercher avec elle dans les combats une mort assez glorieuse pour
faire oublier sa vie, ou des succès
brillans qui pussent illustrer le

nom de Guilford qu'il avait pris.

Quoiqu'il méprisât Albert, il se garda bien de le lui témoigner. C'était à l'adresse de celui-ci qu'il devait la formation de son régiment et le titre de chef qui lui avait été conféré par Harald ; mais, comme il craignait que celui-ci pendant une attaque ne vînt à faire voir sa pusillanimité et à rendre timide les soldats qu'ils avaient à commander, il pensa devoir engager le souverain anglais à ne point souffrir que le comte Albert, homme d'esprit, lui dit-il, mais de la plus faible santé, ne fût employé dans un combat ; il ne suit que son courage,

mais ses forces physiques sont au-
dessous de ses forces morales.

Harald trouva justes les obser-
vations que le capitaine Guilford
venait de lui faire ; en conséquence,
il décida qu'Albert ne quitterait
point son cabinet et qu'il travaille-
rait avec ses ministres les comtes
d'Oxfort, de Kent et de Warwick.

Tandis que les Normands et les
Français occupaient déjà plus de 30
lieues de terrein et qu'ils plaçaient
des forces sur tous les points du côté
de Chester, Cantorbéry et autres
villes, car ils étaient maîtres absolus,
Harald, instruit de leur mouvement

par le nombre de ses troupes qui
étaient obligées de se replier en toute
hâte vers la capitale , fit prendre
position sur le penchant d'une
haute colline , en sorte que le gros
de son armée se trouvait comme en
amphithéâtre placé en avant de
Londres, et présentait un spectacle
imposant.

A l'aile droite étaient les troupes
du pays de Kent (1), qui , suivant

―――――――――

(1) Kent , grande province d'Angleterre
entre la Tamise et la mer, a près de cinquante-
huit lieues de tour; sa capitale est Cantorbéry;
on y compte deux autres villes , Rochester et
Douvres.

un ancien privilège , marchaient toujours les premières aux combats; ce fut avec eux que le souverain mit le régiment dont Bedford était le chef.

Les troupes postées à la gauche , au nombre de dix-neuf mille , étaient des Norwégiens , conduits dans la guerre par Harfayer leur roi , et par Toston , frère de Harald.

Ces soldats , aguerris et plus brigands que guerriers , donnaient de l'audace à l'usurpateur qui se croyait déjà maître de toute l'armée de Guillaume.

Celui-ci ne connaissait point la crainte , et se reposait autant sur la justice de sa cause qne sur l'intrépide courage des siens ; il cherchait cependant à prévenir les horribles calamités inséparables des plus illustres conquêtes.

La gloire qu'expie les malheurs des peuples luî semble trop chèrement acquise. Il frémit à l'idée du carnage qui marque presque toujours les pas d'un vainqueur ; il appréhende de s'avancer en des lieux où il ne veut régner que par la justice et les bienfaits , et c'est pour cette raison qu'il vient de faire partir son ambassadeur. Pour éviter que les chefs de l'armée ne trouvassent Adalgis trop jeune pour être seul

chargé d'une mission aussi importante, il pria le duc Royer de
Beaumont de vouloir s'associer à la
gloire d'une conciliation ; et ses délégués arrivèrent à Londres au moment où Harald venait de passer en
revue les arbalêtriers et toute la ca-
valerie qui devaient l'accompagner.

Ce corps était de la plus grande
beauté et composé en partie de la
noblesse anglaise qui, par amour
pour la patrie en danger, oubliait
la trop juste haine que le fils de l'assassin d'Alfred lui avait inspirée.

Albert, prevenu à temps de l'arrivée des délégués de Guillaume,
se retira du palais royal. Il redouta

la présence du jeune guerrier
français , premier châtiment d'un
traître en horreur à toute sa patrie.
Il connaissait assez Harald pour être
certain qu'il en serait méprisé dès
qu'il saurait pour quels motifs il avait
été contraint à quitter la France.

Prince , dit-il au roi , je dois vous
parler des ambassadeurs que le duc
de Normandie vous envoie ; ils sont
vaillans tous deux ; mais des motifs puissans me portent à éviter
la présence d'Adalgis. J'avoue que
l'impétuosité naturelle à mon caractère pourrait même me porter
à oublier ce que l'on doit au titre
d'ambassadeur dont il est revêtu.

Je dois à ce jeune audacieux tous les malheurs de ma vie, et je veux éviter qu'il puisse savoir que je suis en Angleterre.

Harald était trop occupé de ses propres intérêts pour se donner le temps de réfléchir à ce qu'Albert venait de lui dire, et se disposa à recevoir les ambassadeurs.

Adalgis s'acquitta de l'honorable mission qui lui avait été confiée avec autant de noblesse que de talens.

Prince, dit-il à celui qui se regardait comme roi d'Angleterre, le monarque légitime que la mort a enlevé à la Grande-Bretagne a légué son trône et tous ses pouvoirs à Guillaume, duc de Normandie.

Nous venons, le comte Roger de Beaumont et moi, réclamer l'exécution du testament d'Edouard. Vous vous êtes emparé du trône, et Guillaume pourrait tirer de ce crime une éclatante vengeance : il ne le veut point ; la piété pour ses peuples étouffe dans son cœur de trop justes ressentimens.

La vie, la liberté et la fortune sont des biens qu'il consent à vous laisser, et dont vous pous pourrez même jouir à sa cour.

Songez, seigneur, que le duc de Normandie sait apprécier le mérite

et que vous obtiendrez près de lui
des dignités et des récompenses.

Qu'exige donc celui qui vous envoie, demanda Harald frémissant
de colère ? — Que vous déposiez une
couronne qui lui appartient. — Je
la tiens de la volonté du peuple anglais. — Vous ne l'avez ravie qu'au
mépris du dernier vœu d'Edouard :
songez que Guillaume peut conquérir le trône par la force des armes,
et, le glaive à la main, vous arracher une couronne qu'il vous fait
demander par notre voix. Si vous
ne consentez point à ses propositions, redoutez les plus grands
malheurs ; pensez que le ciel se-

condera mes courageux efforts, et qu'un trésor acquis par l'injustice ne peut être possédé long-temps.

Retournez vers le duc de Normandie, dit avec une colère concentrée l'usurpateur ; apprenez-lui que je règne par le choix d'une nation courageuse qui préfère pour son roi un citoyen à un étranger.

Non, Harald, reprend à l'instant le respectable Roger de Beaumont ; quoique né sur les bords de la Tamise, tu n'es point ; tu ne peux être citoyen de la Grande-Bretagne, puisque tu en as renversé les institutions ; tu as envahi le royal héritage par des brigues et des factions ;

13.

tu t'es servi, pour arriver au trône,
d'une puissance que Goodwin a aug.
mentée à force de crime. Le corps
sanglant du frère d'Edouard t'as
servi de marche-pied pour arriver
au trône.

Malheureux Alfred, s'écria-t-il
avec transport; prince infortuné,
dont l'âme plaintive est peut-être
errante autour de ce palais où
régnaient tes aïeux, où tu devais
régner même, si tu es indigné de
voir sur ton trône le fils de ton
assassin, abandonne ces lieux où le
crime est triomphant et heureux;
précède-nous au camp de Hastings
où nous allons nous rendre, et là

tu trouveras d'illustres vengeurs !

Vieillard audacieux, dit Harald en se levant, rends grâces à ton âge ; car cette épée....

Je partage ses sentimens, reprit Adalgis ; osez vous mesurer avec moi, et que votre mort ou la mienne décide aujourd'hui du destin des armées.

Votre vie ne vous appartient point, Adalgis, dit Roger ; vous ne pouvez en disposer. Partons, rendons-nous au camp de Hastings ; Harald, c'est là où tu verras briller nos épées et crouler ton odieux pouvoir. Adieu, nous t'attendons !

Ils sortirent du palais, gagnèrent

promptement les dehors de la capitale ; mais une indisposition subite
du comte Roger de Beaumont retar-
da leur retour au camp de Hastings.

Tandis que les ambassadeurs
fançais et leur suite traversaient les
cours du palais, Albert était à un
des balcons de l'appartement; il vit,
et reconnut le comte de Bergerac,
que nul motif ne portait plus à demeurer incognito.

D'après ce qu'avaient dit les agens
relativement à l'épouse de Mortemer, il fut persuadé que c'était
elle qui marchait à côté du noble
Gascon. Bientôt il pensa que pour
se rendre au camp il leur fallait

longer une partie du bois de Cantorbéry, et que la nuit, qui n'était
pas éloignée, pourrait bien favoriser
son projet de vengeance.

Il avait encore à sa disposition
plusieurs des gens de Bedford restés
à son château, voisin du bois, ainsi
qu'à la métairie ; il s'y rendit, envoya chercher ceux des brigands qui
étaient à la métairie, et leur promit
la plus forte récompense s'ils pouvaient s'emparer d'une femme qui
faisait partie de la suite des ambassadeurs ; il désigna sa taille, son
costume. Parbleu, seigneur, lui dit
un des brigands, à quoi peut nous servir cette connaissance, puisque nous

ne devons les attaquer que nuitam-
ment?—Combien sont-ils, demanda
un autre. — Les deux ambassadeurs, la jeune personne, qui est
l'épouse du plus jeune,...et quatre
écuyers.—En tout, sept personnes !
nous en viendrons à bout, à moins
que le diable ne s'en mêle.—Si vous,
réussissez, vous amenerez la femme
à ce château. — Venez-vous avec
nous?— Non, je vous attendrai ici.
—J'en étais bien sûr; morbleu !
seigneur Albert, vous n'êtes pas
très-brave ; mais enfin vous nous
paierez, et tout ira le mieux du
monde.

Les brigands, au nombre de

quinze, se rendirent bien armés
jusque dans le bois, qui peu de mois
avant était le lieu de leur domicile
habituel.

Ils comptaient sur une victoire
aisée ; d'abord parce que ceux qu'ils
allaient attaquer étaient en nombre
inférieur, ensuite parce qu'ils seraient surpris à l'improviste. Ils se
trompaient dans leur calcul, ou
plutôt Albert les avait induits en
erreur relativement à la suite que
les officiers français avaient en ce
moment.

Au sortir de la maison où ils
avaient pris leur repas, les hommes
qui composaient leur escorte se par-

tagèrent ; trois partent en avant
afin de préparer un gîte pour la
nuit , car le comte Roger de Beaumont était extrêmement fatigué,
et, n'ayant pas cru devoir passer plus
long-temps à Londres , il avait ré-
solu de coucher en route.

Robert, l'écuyer d'Adalgis, était
avec deux soldats arrivé à six lieues
de la capitale au moment où la nuit
commençait à être close, lorsqu'il
fit la rencontre de deux paysans ; il
les pria de leur indiquer une auberge où il pût passer la nuit avec
ses maîtres.

Je puis vous conduire , lui répondit un de ces hommes, et, si

vous voulez nous suivre , il y a à
deux cents pas d'ici une maison où
vous serez très-bien logés.

En quel endroit est située cette
auberge , demanda Robert qui se
méfiait de l'air empressé de ces deux
hommes. — Je viens de vous le dire,
à deux cents pas d'ici dans le bois.

— Je n'aime point les habitations si
écartées des routes. Qui occupe le
château que j'aperçois d'ici ? — Un
seigneur qui l'a acheté depuis fort
peu de temps. — Ne pourrait-il pas
nous recevoir pour quelques heures?
— Cela est possible, répondit le brigand qui commença à penser que,
sans courir le moindre péril, on

pourrait s'emparer de la personne
qu'ils avaient ordre d'arrêter.

Seigneur, dit-il à l'écuyer, si
vous voulez attendre là quelques
minutes, le concierge est de mes
parens, je vais aller lui parler, et
si son maître est au château je vien-
drai vous le dire.

Robert se félicita dans l'idée d'a-
voir trouvé un excellent gîte.

Un moment après, le prétendu
paysan revint et annonça que le seigneur n'était point chez lui, mais
que son intendant les recevrait, et
qu'ils ne manqueraient de rien.

Robert retourna sur ses pas et
ramena Adalgis, son épouse, les

comtes Roger et Bergerac ; quant à
ceux qui composaient la suite , l'intendant dit qu'il lui était impossible
de recevoir tant de monde; d'abord
parce qu'il n'avait pas de lit, ensuite, ajouta-t-il, je crains que
monseigneur, qui est maintenant à
Londres , n'arrive. Mon ami , dit
Mortemer, donnez-nous seulement
deux lits, un pour ce nobleFrançais,
qui se trouve très-fatigué, et un
pour ce jeune chevalier ¿ il dési-
gnait son épouse.

L'intendant, à qui Albert avait
donné ses instructions, désigna une
chambre pour Athénaïs et une pour
le comte Roger. Voilà , dit-il, tout
ce dont je puis disposer. — C'est

tout ce qu'il faut ; demain au point du jour nous repartirons, lui répond Mortemer.

Comme il n'était plus qu'à six lieues du camp de Hastings, Adalgis engagea son monde à s'y rendre, et ne garda pour toute suite que Robert ; les autres partirent, et le comte de Bergerac s'en alla avec eux pour annoncer au duc que l'indisposition du comte Roger de Beaumont était cause qu'on avait été forcé à s'arrêter quelques heures à un château.

N'ayant aucun soupçon sur le lieu où ils étaient, Adalgis contraignit son épouse à se jeter un moment sur un lit, et resta avec Robert dans une salle voisine de la chambre. Le comte de Beaumont se trouvant beaucoup plus malade, Adalgis passa une partie de la nuit à lui prodiguer des soins, et ne prit pas un seul instant de repos.

Le jour allait paraître quand le comte Roger dit à Mortemer. Mon ami, je me trouve mieux; mais je crains de ne pouvoir monter à cheval; partez, que nulle considération ne vous arrête. Allez rendre compte au duc de Normandie du peu de succès de notre ambassade; je tâcherai dans la journée de retourner au camp. Laissez-moi seulement votre écuyer, puisque le mien est parti.

— Moi, seigneur, que je vous abandonne?—Il le faut absolument, tout doit céder à l'intérêt général ; je ne cours aucun danger ; mais je serais en péril, que je vous dirais encore : Adalgis, partez, ne laissons point à l'audacieux Harald le temps d'attaquer le premier. Je n'ai qu'un regret, c'est celui de ne pouvoir vous suivre et d'avoir fait perdre près de douze heures qui nous auront peut-être été bien funestes.

Tandis que le comte parlait ainsi, Adalgis mettait la main sur la poignée de la porte de l'appartement où il avait fait entrer Athénaïs... Qu'allez-vous faire, mon jeune ami?

laissez-la reposer encore ; elle retournera au camp avec moi.—Elle ne me pardonnerait point de m'en être allé sans elle.—Je vous réponds du contraire ; voilà le jour, songez que Guillaume, que l'armée entière vous attendent.

Adalgis, entraîné par son cœur, mais vaincu ensuite par son devoir, n'éveilla point Athénaïs, monta sur son cheval, en la recommandant au comte de Beaumont autant qu'à son fidèle écuyer, et arriva au camp après trois heures d'une marche précipitée.

Le premier officier qu'il rencontra fut le comte de Bergerac, qui avait un bras soutenu par une écharpe ; il apprit de lui qu'ils avaient été arrêtés dans la forêt de Cantorbéry par une troupe de brigands.

Nous en avons fait justice, lui dit-il ; plusieurs d'entre eux ne feront plus de mal à personne ; mais, ajouta-t-il, ce qui va vous surprendre, ce qui confond toutes mes idées, c'est que pendant le combat j'ai entendu ces mots : *Le lâche Albert, il ne sait pas même se venger d'un ennemi.* — Et vous n'avez pu arrêter aucun de ces coquins-là, demanda Adalgis ? — Non, aucun. — Et vous croyez avoir entendu nommer Albert ? —J'en suis certain ; mais, ajouta le comte de Bergerac, où sont en ce moment le comte Roger et votre épouse ? — Empressé d'arriver, je suis parti du château tandis que mon Athénaïs reposait encore ; elle reviendra dans la journée avec le comte de Beaumont et mon écuyer.—Grand Dieu ! vous me faites frémir ; si le reste de ces brigands qui nous ont arrêtés se portait au château où votre épouse est demeurée.... Je vais y retourner, je ne suis pas sans inquiétude ; allez trouver le duc Guillaume qui vous attend avec une vive impatience ; je vais emmener avec

14.

moi Verdac et quelques soldats, et nous escorterons votre épouse et le comte. Corbleu ! si nous rencontrons encore quelques-uns de ces scélérats, je jure, foi de Gascon, que je saurai les contraindre à nous apprendre en quel lieu je pourrais trouver cet odieux Albert, dont le détestable nom retentit encore à mes oreilles.

Adalgis était vivement affligé de l'accident arrivé au comte de Bergerac ; mais il ne partageait point ses craintes sur les instans qu'Athénaïs passait au château. Cependant il se décida à les accompagner. Hélas ! quelle eût été sa fureur s'il

eût pu savoir en quel état était sa
trop malheureuse épouse.

A peine l'eut-il engagé à prendre
un moment de repos, qu'excédée
de fatigue elle céda avec sécurité
au sommeil.

Que pouvait-elle craindre? son
époux était dans la pièce voisine,
ainsi que Robert leur fidèle écuyer.

Aussitôt qu'elle fut au lit elle s'en-
dormit profondément; bientôt son
imagination, vivement agitée par les
dangers que son père et son époux
allaient courir pendant la guerre,
lui donna des songes affreux. Il lui
semblait voir Harald, dont la figure
rembrunie et le regard farouche

l'avaient fait frémir , qui traînait à
son char Adalgis chargé de fers
honteux.

Pendant qu'elle était effrayée par
ce rêve affreux, Albert, accompagné de deux des brigands , entre
dans la chambre par une porte dé-
robée ; on s'empare d'Athénaïs en
lui couvrant la bouche avec un
mouchoir , on l'emporte , et ses
cris ne sont point entendus.

Ses ravisseurs , après avoir tra-
versé plusieurs longs corridors , en-
trent dans la fameuse tourelle où
Bedford avait caché les immenses
trésors qui lui étaient restés après

le partage qu'il avait fait avec ses compagnons de brigandage.

On la descendit dans une salle souterraine où elle fut déposée et confiée provisoirement à la garde du concierge, qui était, quelques mois avant, au château de l'intérieur de la forêt de Cantorbéry.

L'infortunée, en sortant d'un songe épouvantable, ouvre les yeux et se voit entre les mains des deux brigands. Grand Dieu ! s'écrie-t-elle, veillai-je ? suis-je encore la victime d'un songe ? Où est Adalgis, où est mon époux?...

Votre époux, madame, dit Albert, il est à jamais perdu pour

vous, et vous êtes tombée au pouvoir de celui à qui le duc de la Garancière vous avait promise : je
bénis le sort heureux qui vous a
amenée en Angleterre.—Mais, qui
êtes-vous, lui demanda Athénaïs?
je ne vous connais point. Ah! rendez-moi à la liberté, ou craignez
tout de mon désespoir. Tremblez
surtout d'encourir la vengeance de
mon époux, celle de mon père.—
C'est pour me venger de tout le
mal qu'ils m'ont fait, que je leur
ai ravi un objet qui leur est cher,
et qui, je l'éprouve, va me le devenir. Il ne manque plus à ma satis-
faction que celle d'être maître du

comte de Bergerac. Ah ! si le sort
seconde la valeur de mes agens, sa
mort est inévitable.

Vil scélérat ! lui dit hardiment
Athénaïs, tu viens de te nommer,
et je vois en toi cet odieux Albert
de Rommilly, ce lâche, banni de
sa patrie dont il a été le fléau ! Juste
ciel ! ajouta-t-elle, se peut-il qu'un
homme, l'opprobre de son pays,
soit en ce moment l'arbitre de ma
destinée ! O mon cher Adalgis ! et
toi, noble Mortemer ! puissiez-vous
être instruits de mon sort, et venir m'arracher de ces lieux !

Albert, qui ne voulait pas lui en
laisser dire davantage en présence

des deux brigands qui n'avaient pas
de lui une haute opinion, la laissa
dans le souterrain à la garde de ses
ravisseurs, et particulièrement à
celle du concierge.

En la quittant il lui dit : Je vais
retourner à Londres où ma présence est indispensable, et bientôt
au champ de bataille je donnerai
de vos nouvelles au comte de Mor-
témer ainsi qu'à son fils.

Au champ de bataille! lui dit
Athénaïs, jamais tu n'oserais y paraître; on peut craindre de toi le
poignard ou le poison, mais tu n'o-
serais pas te mesurer avec de vaillans guerriers. Va, la France a bien
fait de te chasser de son sein; tu

n'étais pas fait pour y respirer l'air pur de la bravoure et du véritable courage.

En prononçant ces mots, elle vit que ceux qui l'avaient enlevée de la chambre ne lui avaient point ôté ses armes; elle tira son épée. Lâche Albert, cria-t-elle avec fureur, ose te mesurer avec une femme, ou je détruis ton odieuse existence. En prononçant ces mots, elle se précipita sur lui; il ne dut son salut qu'à une fuite précipitée, tout en ordonnant aux brigands de la désarmer.— Je serais au désespoir de lui ôter son épée; non, non, ma foi, dit l'un d'eux; voir une femme telle

que celle-ci! corbleu! si nous étions
encore en troupe, elle serait des
nôtres.—En vérité, dit le second, si
notre capitaine Bedford était toujours à notre tête, il nous comman-
derait de tomber à vos pieds; mais
nous l'instruirons de votre énergie,
et je suis bien assuré, madame,
qu'il pourra vous être utile.

Si le courage vous plaît, vous devez être encore sensible aux prières
qui vous sont adressées. Ah! je vous
en supplie, rendez-moi à la liberté,
que j'aille retrouver mon époux.
Hélas! peut-être qu'en ce moment
des assassins......—Non, rassurez-
vous, Albert ne voulait que vous
ravir à sa tendresse; mais il n'a

donné aucun ordre contre lui. Seulement dans quelques heures, plusieurs des nôtres attaqueront le château d'où vous serez censée avoir
été enlevée. — Je vous en conjure,
laissez-moi aller retrouver les ambassadeurs des Français; songez
qu'une attaque faite dans un lieu
où ils se croient en sûreté attirera
sur vous la fureur des Français. —
Nous ne pouvons nous écarter en
rien des ordres qui nous ont été
donnés, non que nous ayons pour
Albert ni respect, ni attachement,
mais il est l'ami de notre capitaine,
et nous avons fait serment d'obéir
à celui-ci jusqu'à la mort, quoique

nous ne soyons plus en troupe, car nous faisions partie d'une association de plus de deux cents brigands, mais qui le sont bien moins que votre transfuge français. Cependant que ce nom ne vous cause point de crainte, nous vous respecterons ; nous ferons plus, nous vous défendrons contre tout ce qu'Albert pourrait oser.

Vous allez rester ici ; on aura soin que vous ne manquiez de rien, et je jure par le capitaine Bedford qu'il ne vous sera fait aucun outrage.

L'infortunée Athénaïs, qui venait de montrer tant de courage en présence d'Albert, le sentit s'évanouir

au moment où les deux brigands
allaient la quitter; il lui semblait
qu'ils allaient attaquer les jours de
son époux; elle ne pouvait croire à la
parole qu'ils venaient de lui donner,
qu'on n'attenterait point à ses
jours.

O mon cher Adalgis! toi pour qui
je donnerais ma vie, puisses-tu
échapper au fer des assassins !

Elle passa la nuit la plus affreuse;
elle croyait à chaque instant entendre le bruit des armes et les cris
des mourans ; il lui semblait distin-
guer la voix de son époux qui la re-
demandait à ses ravisseurs.

Cependant ceux qui l'avaient ap-

portée dans le souterrain lui avaient
dit qu'Albert allait repartir pour
Londres où il tenait à la cour d'Harald un rang assez distingué; elle
ne pouvait concevoir comment il
était à la fois l'un des favoris du roi
et chef de brigands.

Le jour apporta quelque soula-
gement à son extrême douleur.

Plusieurs des gens qui dans la forêt avaient arrêté Bergérac et ceux
qui l'accompagnaient, revinrent
au château d'où le comte Albert
venait de sortir. Ils n'avaient point
été heureux dans leur expédition ;
plusieurs avaient été blessés; cependant ils feignirent d'attaquer leurs

camarades qui venaient de leur
dire que l'un des seigneurs français était parti et qu'il ne restait
plus qu'un homme âgé avec son
écuyer. Aussitôt on cria au secours,
au secours! Ces mots firent lever
promptement Roger de Beaumont.
Robert court à la chambre où il
pense que sa maîtresse repose encore. Mais, hélas! une porte qui
donne sur le jardin est ouverte, et
l'intendant annonce que des hommes entraînent le jeune guerrier
qui était dans la chambre. Le comte
et Robert volent aussitôt dans le
jardin; la porte en est ouverte, et
tout porte à croire que les ravis-

seurs ont gagné le bois qui n'en est
pas éloigné. Bientôt ils y pénètrent.
Le jour paraît à peine. Ils se heur-
tent contre les arbres, crient, ap-
pellent Athénaïs; ils se flattent
qu'elle pourra entendre leur voix.
Vain espoir !

Robert entend des cris plaintifs;
il s'arrête, écoute, va du côté d'où
vient la voix, et se trouve près d'un
homme mourant qui peut à peine
parler. Cependant il entend ces
mots : *Odieux Albert! pourquoi
ai-je exécuté tes ordres?*

Ce nom d'Albert rappelle des souvenirs. Grand Dieu ! dit Robert à
cet homme, parlez, mon ami, ne

craignez rien; je vais vous faire prodiguer tous les secours dont vous
pouvez avoir besoin. Dites-moi
seulement en quel lieu ils ont entraîné Athénaïs, l'épouse du noble
Mortemer. — Athénaïs! répondit
le brigand d'une voix presque
éteinte, je ne sais de qui vous parlez;
nous avions l'ordre d'enlever l'é-
pouse de l'ambassadeur français;
mais elle nous est échappée, et j'ai
reçu le prix de ma témérité. Je
meurs en détestant dix années d'u-
ne vie criminelle, et en maudis-
sant le transfuge français qui avait
commandé le dernier forfait dont
je suis la victime. Cet homme cessa

totalement de parler. En vain Robert et le comte Roger de Beaumont
voulurent lui prodiguer des secours;
il avait cessé d'exister.

Le jour était entièrement venu,
et le brigand venait de leur apprendre que la femme de l'ambassadeur avait été assez heureuse pour
s'échapper. Ce malheureux croyait
qu'elle faisait partie de ceux qu'ils
avaient eu ordre d'attaquer dans
la forêt de Cantorbéry.

D'après cela, ils retournèrent
au château d'où l'on croyait que
l'épouse de Mortemer avait été enlevée; ils trouvèrent l'intendant
qui témoigna une apparente dou-

leur du fâcheux évènement qui
avait eu lieu, et qui leur dit que plusieurs des gens du château avaient
été blessés en voulant s'opposer au
crime qu'on avait commis. Ah! dit-
il, si le noble Bedford, mon maître, apprenait ce qui s'est passé à
son château, il serait au désespoir.

L'adroit intendant convainquit
si bien les Français, qu'ils se rendirent en toute hâte au camp de Hastings, espérant y retrouver Athénaïs. Mais, hélas! quelle fut leur
douleur en arrivant devant Adalgis
qui accourait avec le comte de Bergerac et plusieurs soldats!

O mes amis, leur dit-il, mes

chers amis, où est mon 'épouse,
mon Athénaïs? parlez, ah! parlez,
de grâce.

Roger l'instruisit de l'évènement
affreux qui était arrivé au château.
Au nom d'Albert, Adalgis s'écria :
Athénaïs est à jamais perdue pour
moi. Albert ! je t'arracherai la vie.
Infâmes Anglais! je vengerai sur
vous tous la perte de mon épouse ;
je pénétrerai dans vos habitations ;
j'y porterai le fer et la flamme ; et,
après m'être vengé, je saurai me
donner la mort.

Adalgis ne se connaissait pas ; il
n'était plus pour lui ni gloire ni
bonheur ; il tomba dans un délire

affreux. On fut obligé de le porter
à la tente de Guillaume ; et, com-
/me il voulait attenter à ses jours,
le duc ordonna de lui ôter ses
armes.

Cet ordre lui rendit toute sa raison. Me désarmer ! s'écrie-t-il, me
désarmer au moment de combattre
ces perfides Anglais ! non, non,
marchons au-devant de ces orgueil-
leux insulaires qui ont pu recevoir
au milieu d'eux le plus lâche des
Français, le plus implacable de
mes ennemis !

Pendant ce temps, Albert, certain d'avoir porté la mort dans l'âme
de Mortemer, et se flattant d'avoir

enlevé en même temps un des meil-
leurs capitaines de l'armée française, convaincu que cette terrible
catastrophe empêcherait et l'époux
et le père d'Athénaïs de se montrer à la tête des troupes, ne craignit pas de se placer dans les rangs
anglais, dans le bataillon qui devait
marcher avec le prince Harald.

Il se trouve posté non loin du
corps que commandait Bion, second fils de Goodwin, père de l'u-
surpateur du trône d'Angleterre.

C'était dans le nombre de ces
troupes que Bedford avait son régiment.

Les ennemis furent huit jours en

présence sans qu'on s'attaquât ni
de part, ni d'autre; et, pendant
cet intervalle, Albert eut le temps
de confier au capitaine Bedford
tout ce qui s'était passé.

Eh bien! lui dit Bedford, maintenant qu'elle est en votre pouvoir,
vous allez être au comble de vos
vœux, la traiter avec douceur,
chercher à lui faire oublier un époux
que sans doute elle adore. — Le lui
faire oublier, dites-vous? eh! mon
cher, cela serait impossible; c'est
un diable que cette femme, un dra-
gon pour la vertu. — Ce caractère
me plairait; il y a de la gloire à
triompher d'une beauté sévère. —

Sévère, terrible. Si vous l'eussiez
vue, l'épée à la main, j'ai failli être
la victime de sa fureur. — De la
fureur d'une femme? — Elle vous
eût fait trembler. — Faire trembler le capitaine Bedford ! mais, en
vérité, Albert, vous me faites pitié;
jusqu'à ce jour je vous ai cru encore quelqu'énergie; mais je vois
bien que je me suis extrêmement
trompé. En ce moment on vint annoncer au capitaine que Jones, c'é-
tait le nom d'un des brigands, venait lui parler; cet homme passait
pour le domestique du baronnet de
Guilford, nom que Bedford avait

pris en quittant le métier de brigand.

Il quitta précipitamment Albert
pour aller trouver son valet, ou
plutôt son ancien camarade.

Eh bien! lui dit-il, que me veux-
tu? — Vous apprendre, lui répond
cet homme, que nous avons au château la plus belle femme qu'on puisse
voir, grande, bien faite, jolie, et
surtout courageuse.

Il fit un récit détaillé de tout ce
qui s'était passé, et n'omit aucune
des circonstances qui pouvaient
donner une juste idée de la lâcheté
du comte de Rommilly. Ma foi,
capitaine, ajouta-t-il, il ne m'a

16.

pas fallu moins que l'ordre que vous
m'aviez donné, d'obéir à Albert
pour m'empêcher de céder aux
prières, aux larmes de cette belle
femme qui me conjurait de la rendre à la liberté. Tenez, foi de brigand, je vous connais, et je suis
assuré que, si vous eussiez été au
château, elle eût obtenu sa demande. Je l'ai vue, furieuse, se
précipiter sur Albert avec un courage digne d'un homme; puis, ensuite, nous implorer avec cet ac-
cent qui porte à l'âme.

Tu piques ma curiosité; tu m'in-
téresses; elle est donc bien belle?—
Superbe, mon capitaine, superbe...

— J'entends qu'on la traite avec tous les égards.... Mais je puis aller au château... Oui, je vais prévenir Bion , savoir de lui si je puis m'absenter seulement pendant trente-six heures. — Je suis certain qu'à l'instant où vous aurez vu la belle Athénaïs , elle sera à jamais perdue pour Albert; c'est un lâche, il n'est pas fait pour posséder un pareil trésor.

Bedford alla trouver le frère d'Harald , lui dit qu'une affaire importante l'appelait chez lui; il ajouta , mais dans le plus grand secret, qu'il fallait qu'on se méfiât d'Albert; que c'était un homme capable de tout,

puisqu'il avait été capable de trahir
en un seul jour plus de deux mille
Français dont il avait causé la mort
sur les bords de la Garonne. Ces
faits venaient de lui être attestés
par son agent, à qui l'épouse d'A-
dalgis en avait fait un portrait affreux, et qui semblait être de la plus
grande ressemblance. Cependant,
continua Bedford, attendez, pour
prononcer un dernier jugement
sur cet homme dont j'ai moi-même
été dupe, que je sois de retour.
Mais, si l'on combattait avant mon
retour, mettez-le le premier en li-
gne, et que surtout il n'ait point
le commandement.

Je te remercie, capitaine, lui répond le fils de Goodwin qui était un homme de cœur, et ce que tu me fais craindre ne m'étonne pas. Depuis que ce transfuge a été admis à la cour d'Harald, il m'a inspiré de la méfiance ; il est trop courtisan pour n'être pas un traître ; et d'ailleurs, il est Français, et va se battre contre les siens. Je conçois difficilement comment le roi, mon frère, a pu se laisser tromper par un tel homme. Hâte-toi, capitaine, et fais en sorte que nous puissions acquérir des renseignemens certains sur tout ce qu'Albert a fait dans sa propre patrie ; je serai ensuite à même de juger de ce que nous pourrons attendre de lui.

Au même instant, Bion, qui voulait s'éloigner, lui donna une mission qui n'était d'aucune importance; il fut obligé de retourner à Londres, où il devait attendre de nouveaux ordres.

Pendant ce temps le capitaine se rendit à son château, où gémissait la trop infortunée Athénaïs.

~~~~~~~~~~~~~~~~~~~~~~~~~~~~~

CHAPITRE IX.

LES nouvelles apportées au château du comte de Mortemer avaient porté la désolation dans l'âme de tous ceux qui l'habitaient. Elfrid était inconsolable; bientôt tous les vassaux du comte vinrent mêler leurs larmes à celles des fidèles domestiques de ce noble seigneur.

On n'était pas encore à la moitié de la journée qu'une des femmes de service s'aperçut que plusieurs objets de prix avaient été enlevés

de la chambre où les deux prétendus soldats avaient couché ; dès-
lors des doutes heureux vinrent
remplacer la vive douleur qu'on
éprouvait. A l'appui de ces soupçons on trouva des tablettes qu'on
ne put déchiffrer , car elles étaient
écrites en langue anglaise.

Elfrid envoya promptement chercher le pasteur du lieu ; c'était un
homme très-instruit pour ce temps-
là et qui avait fait, quelques années
avant un voyage en Écosse. Il vint
au château , et par le peu de temps
qu'il avait passé à Londres en reve-
nant d'Edimbourg il fut à même de
voir que les tablettes renfermaient

des instructions pour se présenter au château du comte, et pour en enlever Athénaïs et la conduire en Angleterre ; on y parlait aussi du comte de Bergerac.

Il n'en fallut pas davantage pour sécher les pleurs d'Elfrid ; le comte n'était donc pas mort ni Adalgis en danger, puisque les deux soldats n'étaient que des brigands anglais. Mais qui pouvait les avoir envoyés pour enlever Athénaïs ? voilà ce qu'on ne pouvait dire.

O mon Dieu ! dit Elfrid, l'infâme Albert peut seul en vouloir au comte de Bergerac ; ainsi plus de doute, cet indigne Français est

17.

maintenant en Angleterre.... Il fut
décidé qu'on ferait partir un des
gens du comte. Il devait se rendre
en toute hâte à l'armée du duc de
Normandie , afin d'obtenir des nouvelles certaines et de prévenir Mortemer et son fils des projets qu'on
avait formés contre Athénaïs. L'em-
barras était de trouver , parmi ceux
qui étaient au château , un homme
assez intelligent pour arriver jusqu'au comte de Mortemer , que
l'on savait devoir être un des chefs
de l'armée française.

Madame, dit le bon curé à Elfrid,
monseigneur m'honore de sa confiance ; je puis me flatter de méri-

ter aussi celle de plusieurs des braves officiers qui sont partis avec lui ;
ainsi je vais me mettre en route, et
j'espère que bientôt je serai à même
de vous apporter ou du moins vous
envoyer des nouvelles. Je vais emmener avec moi un des gens de
monseigneur ; remettez - moi ces
lettres qui viennent de vous être
apportées , ainsi que les tablettes
laissées ici par les brigands ; je vais
partir et me rendre à Saint-Valery ,
où le duc de Normandie est peut-
être encore. Rassurez-vous , mes
bons amis, dit-il à une foule de vassaux que la douleur semblait avoir
fixés à la même place, rassurez-vous,
je ne vous quitte que pour pouvoir

vous donner quelque tranquillité
sur le sort d'un homme vertueux,
qui est plutôt pour vous tous un
tendre père qu'un maître.

Le bon curé alla prendre promptement des habits de voyage, et,
monté sur un cheval vigoureux, il
gagna la Normandie accompagné
d'un des gens du comte de Mortemer ; avant de quitter ses paroissiens
il appela sur eux la bénédiction du
ciel et fit naître dans leurs âmes un
espoir consolateur. Pendant le chemin il n'éprouva aucun accident et
arriva au camp de Guillaume peu
d'heures après celle qui avait fait
connaître l'enlèvement d'Athénaïs.

Il fut conduit vers le duc, lui remit et les lettres et les tablettes. Adalgis était là, mais dans un tel état de délire qu'il ne reconnut point le vénérable pasteur de ses domaines. Deux des officiers de Guillaume étaient à ses côtés et le surveillaient, car tantôt il voulait combattre, tantôt il voulait se donner la mort.

Le duc, après avoir examiné les tablettes, crut y reconnaître l'écriture d'Albert, avec qui il avait eu dans le temps des relations assez suivies relativement à une de ses parentes qu'il avait demandée en mariage, et s'écria :

Le comte de Rommilly est en Angleterre ; c'est lui qui a fait enlever l'épouse de Mortemer ; il faut qu'elle nous soit rendue et que ce vil brigand , indigne du nom de Français , reçoive le châtiment qu'il n'a que trop mérité.

Le duc ne pouvait pas se persuader que cet Albert, si méprisable, eût eu assez d'audace pour se présenter à la cour d'Harald ; il ne pensait point qu'un prince qui n'était dénué ni de valeur ni d'esprit pût recevoir un lâche transfuge qui avait trahi sa patrie ; mais dans la journée un de ses espions, qui avait été adroit pour entrer dans la capitale, lui

rapporta qu'Albert était depuis
deux mois environ le favori du roi
d'Angleterre. Son favori ! s'écrie
Guillaume avec fureur ; Harald est
donc un être bien méprisable ou
bien peu sûr de sa noblesse anglaise
pour se servir d'un tel homme !
Allons, ajouta-t-il, je vais m'assurer avant le combat si le maître
est digne d'avoir un tel favori.

Au même instant il écrivit à
Harald.

« On vient de m'assurer, et je
« vous estime encore trop pour le
« croire, que vous aviez reçu à vo-
« tre cour un transfuge, la honte de
« la patrie qui l'a vu naître, et

« que, connaissant le crime dont
« il s'était souillé lors de la sou-
« mission de la Gascogne à Philippe,
« vous l'aviez admis à votre inti-
« mité. Quelle que soit la vérité du
« rapport qui vient de m'être fait
« relativement à celui que l'on ne
« désigne plus que sous le nom de
« votre favori, je vous préviens,
« seigneur, qu'il vient de faire en-
« lever la femme d'un des premiers
« officiers de mon armée, d'un
« jeune héros qui possède toute ma
« confiance, puisque c'était l'un de
« ceux que je vous avais chargé de
« propositions de paix que vous
« n'avez pas craint de réfuter.

« L'attentat commis à l'égard de
« mon ambassadeur exige une ven-
« geance éclatante ; je vous de-
« mande donc, prince, que le traî-
« tre Albert, qui n'a jamais eu
« d'autre vaillance que l'audace du
« crime, soit arrêté sur-le-champ,
« et qu'il soit contraint par tous les
« moyens qui sont en votre pouvoir
« de dire en quel lieu il a fait traî-
« ner la fille du comte de Morte-
« mer, l'épouse du noble Adalgis.
« Je vous fais cette demande au nom
« de l'honneur auquel je ne vous
« crois point étranger.

« Tout me fait présumer que le
« comte de Rommilly, tout en étant,

« dit-on , au nombre de vos prin-
« cipaux officiers , fait en même
« temps partie d'une troupe de bri-
« grands qui sont répandus dans les
« environs de Cantorbéry ; je vous
« donne tous ces détails bien con-
« vaincu que vous les ignorez en-
« core et que vous n'avez aucune
« part au crime de l'infâme Albert.
« Mon envoyé vous remettra de
« ma part des tablettes que des vo-
« leurs envoyés à Mortemer y ont
« laissées ; plusieurs feuilles sont
« écrites par le comte de Rommil-
« ly , ainsi que deux lettres qu'il
« n'a pas craint de signer l'une le
« duc de Normandie et l'autre le

« comte d'Egmont. Avec des preu-
« ves aussi fortes vous pourrez aisé-
« ment le convaincre de son crime ;
« songez qu'il peut avoir les suites
« les plus déplorables ; que , depuis
« le retour de mes ambassadeurs ,
« j'ai besoin de tout l'ascendant que
« j'ai sur ma bouillante armée pour
« l'empêcher de fondre comme un
« torrent sur les villes qui ne sont
« point encore en ma puissance. Vo-
« tre armée est vaillante sans doute ;
« je rends hommage au peuple anglais
« sur lequel vous avez voulu régner,
« mais, si le combat que je voudrais
« pouvoir empêcher a lieu , vous
« apprendrez, trop tard, peut-être,

« ce que peuvent des Français quand
« ils ne sont point trahis. Je vous le
« repète encore, Harald, descendez
« volontairement d'un trône qui
« m'appartient par les dernières
« volontés d'Edouard, ou je sau-
« rai le conquérir avec ma seule
« force ; j'ai refusé tout secours
« étranger : Tuston, roi de Dane-
« marck, et Alifex, à la tête de trente
« mille Norwégiens, m'ont offert
« leur appui ; je me suis bien gardé
« de l'accepter, je ne veux pas qu'un
« jour mon peuple puisse me
« dire : Tu ne règnes sur nous que
« par le fer de l'étranger et les de-
« grés de ton trône sont arrosés du

« sang de tes sujets. Harald, écou-
« tez une proposition que me dic-
« tent et ma tendresse pour mes
« enfans et la voix sacrée de l'hu-
« manité ; que le ciel décide entre
« nous, et que le succès, obtenu
« par l'un ou par l'autre dans un
« combat singulier, détermine qui
« de nous deux mérite d'occuper le
« trône d'Anglerre. Mon armée et
« la vôtre seront témoins de ce
« combat, qui aura lieu dans la
« plaine d'Hastings ; j'attends sous
« trois jours votre réponse, le châ-
« timent du traître Albert et le re-
« retour de l'épouse du vaillant
« Adalgis. »

Cette lettre fut remise au vénérable pasteur, qui espérait faire passer dans l'âme de Harald la tendre piété qui remplissait la sienne. Il se flattait que son éloquence persuasive arrêterait le fléau de la guerre.

Il part du camp d'Hastings, pénétré de cette douce confiance, et arrive aux avant-postes de l'armée du fils de Goodwin.

La sainteté de son ministère, son âge vénérable inspirent le respect. Il est conduit jusqu'à la tente d'Harald, lui remet le message. Harald en prend connaissance; sa figure se rembrunit; son regard devient farouche; il se lève, se promène à grands pas, les bras croisés sur la poitrine et dans l'attitude d'un homme qui réfléchit profondément ; puis tout-à-coup il dit qu'il ne répondrait au duc de Normandie qu'avec les flèches que lanceraient ses guerriers.

Allez dire à celui qui vous envoie, ajouta-t-il en s'adressant à l'ambassadeur, que les trois jours qu'il me demande lui sont accordés.

Prince, reprit le pasteur, n'attribuez point la démarche de Guillaume à la crainte. L'honneur et l'humanité ont motivé les demandes qu'il vous fait ; il ne pouvait croire que ces deux nobles sentimens fussent étrangers à votre cœur; il vous estimait assez pour douter que vous approuvassiez l'injure faite à son ambassadeur. Enfin il pensait qu'en vous proposant un combat singulier qui déciderait du destin de l'Angleterre, c'était un hommage rendu à votre valeur.

Sortez de mon camp, répond vivement Harald, ou je pourrais vous faire repentir d'y être venu.

Le vénérable pasteur se retira, indigné de la conduite de l'usurpateur, et alla porter à Guillaume la réponse qui venait de lui être faite.

Allons, s'écrie avec emporte-

ment le duc de Normandie, le cruel !
il veut m'exposer à voir couler le
sang de mes enfans , il craint de se
mesurer avec moi , il paiera chèrement ses refus ! Plus de retard ,
aux armes, dit-il , braves guerriers!
punissons les crimes du fils de Goodwin ; songez , songeons tous qu'il
recueille en ce moment les fruits de
l'assassinat du malheureux Alfred.
Il me semble voir errer dans le camp
d'Hastings l'âme du vaillant et vertueux Edouard ; ses mânes irritées
nous tracent nos devoirs et ne seront
appaisées qu'au moment où la mort
violente de son frère sera vengée.
Puisse son ombre sanglante vous

18.

apparaître , non pour exciter votre valeur , je la connais , mais pour faire passer dans vos cœurs toute la fureur et toute l'indignation dont le mien est possédé ! il faut triompher ou périr ; la lutte sera terrible , mais elle sera aussi glorieuse qu'elle est maintenant inévitable ; il faut triompher ou périr , nous sommes dans une île ennemie ; nous n'avons de salut que dans la victoire !

Tandis que l'envoyé de Guillaume était allé porter à Harald la lettre dont il l'avait chargé, Adalgis avait recouvré sa connaissance avec elle, et était revenue la certitude de son malheur. Cette fois elle ne lui enleva point son énergie; il se fit rendre ses armes , prit la main du duc de Normandie en lui disant : Je jure , Dieu , l'honneur et l'amour , de n'épargner aucun Anglais , et de ne déposer cette épée , dont le magnanime roi de France a honoré mon jeune courage , qu'aux jours de la victoire et de la vengeance.

Le lendemain était l'époque marquée pour le combat. Guillaume fit la revue de toute son armée. Adalgis parut avoir oublié son chagrin pour ne songer qu'à ses devoirs ; il rejoignit la gauche de l'armée, ainsi que le comte Roger de Beaumont , qui ne l'avait pas quitté pendant son délire et avait cherché tous les moyens d'adoucir l'amertume de ses regrets.

Tandis que les Français et les Normands étaient fiers de se mesurer avec des ennemis vaillans et dont le nombre était prodigieusement augmenté par la réunion de la noblesse anglaise, Harald haranguait ses troupes et leur promettait de leur procurer après la victoire d'autres triomphes, de les conduire en Normandie et ensuite en France ; dans sa téméraire audace il comptait sur des victoires factices ; il ignorait la valeur des peuples qu'il se flattait de soumettre bientôt à sa domination.

Il parla à Bion , son frère , de ce que Guillaume lui avait écrit contre Albert. Je n'y crois point, ajouta-t-il, et cet homme pourra d'ailleurs nous être de la plus grande utilité lorsque, favorisés de la fortune , nous refoulerons jusque dans leur patrie ceux qui prétendent me dicter des lois et m'enlever un trône que je tiens du vœu unanime des Anglais.

Harald , lui repond Bion , ton ambition t'égare et te fait regarder la terreur que tu inspires et qui fait plier sous ton joug comme un consentement ; reviens de ton erreur. Un seul échec peut t'enlever tout le corps de la noblesse , et celui-ci

entraînera une partie du peuple ;
ne crois point que le triomphe te
soit aussi aisé que tu le présumes ;
redoute cette nation belliqueuse,
dont le chef s'est ôté tout moyen de
retour sur le sol qui l'a vu naître.
Tu es courageux, je le sais, et je m'é-
tonne que la proposition d'un combat singulier avec le duc de Normandie n'ait point flatté ton orgueil ;
Harald, j'eusse ambitionné l'honneur de combattre Guillaume, et ce
qu'il te dit de cet Albert me prouve
qu'il sait apprécier les hommes depuis le jour où tu l'as reçu à la cour;
il m'a inspiré un tel mépris, que je
suis indigné de le voir quelquefois

à ton conseil; c'est un traître qui n'a pas eu horreur de vendre ses compatriotes et qui ne rougira point de vendre des Anglais.

Je te préviens, continua-t-il, que je quitte le commandement de la droite de ton armée si je le dois partager avec un lâche. Il apprit à son frère ce que le capitaine des brigands lui avait dit, et toutes ces preuves ne purent déterminer Harald à sévir contre un homme à qui il avait témoigné de la confiance; cependant Bion obtint qu'Albert resterait à Londres, et qu'on lui ferait donner l'ordre de ne point abandonner le palais jusqu'à

l'instant où l'épouse d'Adalgis serait
retrouvée. Ce qui ne tardera pas, du
moins je l'espère , dit-il vivement.
Tu sais donc , lui demanda Harald, en quel lieu elle peut être? —
Je le présume , et le capitaine Guilford est allé par mes ordres au château où les ambassadeurs ont pensé
trouver un asile sacré. — Eh quoi!
ces deux hommes semblaient des
amis inséparables ! Je ne sais point
quelles ont été leurs relations, puisque l'un et l'autre ne me sont connus
que depuis que la guerre est decla-
rée , mais Guilford m'en a dit assez
pour gagner mon estime. Il est brave,
abhorre les lâches, paraît se devouer

à nos succès, à la défense de la beauté malheureuse, et suivant moi, quelle qu'ait été sa vie passée, car il n'en parle jamais, il l'emporte sur un transfuge qui a lâchement abandonné sa patrie ou sur un traître qui en a été banni.

Depuis que le capitaine avait quitté le corps d'armée dont il faisait partie, il n'avait point revu le comte de Rommilly, et s'était rendu directement à son château. Il était avec l'un des brigands qui avaient enlevé Athénaïs, tandis qu'elle était plongée dans un profond sommeil. Hélas! depuis ce fatal instant il n'avait pas clos son humide paupière. Il y avait déjà deux jours qu'elle était dans la salle souterraine, quand celui à qui elle avait fait un recit succinct des crimes politiques d'Albert y entra.

Ah ! lui dit-elle dès qu'elle le vit paraître, venez-vous briser mes fers, me rendre à la liberté, à mon époux, à mon père à qui mon absence va peut-être causer la mort ? Ayez pitié d'une infortunée ; songez qu'un bien immense sera le prix de votre bonne action.

Madame, lui repond le brigand, je ne puis céder à des prières auxquelles mon cœur n'est point insensible ; je voudrais pouvoir dispo-

ser de votre sort, il changerait bientôt ; je précède mon capitaine. —
Grand Dieu ! dit Athénaïs avec effroi et se couvrant la figure de ses
deux mains ; eh quoi ! cet odieux
Albert viendra encore par sa présence augmenter toute l'horreur
de ma position ! — Madame, je ne
précède point le comte Albert, mais
mon capitaine, un brave avec qui
je suis depuis près de dix années ;
celui-là sait apprécier le mérite
d'une jolie femme ; et, pendant que
nous étions réunis dans la forêt de
Cantorbéry, je jure, foi de brigand,
que je ne l'ai jamais vu faire couler
les larmes de la beauté. Il est brus-

que, c'est dans son caractère, mais il n'est pas méchant; aussi nous disait-il chaque fois qu'il nous envoyait faire quelqu'expédition : Les voyageurs riches sont vos tributaires; mais qu'on ménage et qu'on respecte les femmes. Vous voyez qu'un seigneur qui a de tels sentimens n'est pas à redouter , et je suis bien persuadé qu'il parviendra , non pas à vous faire oublier votre mari , mais à vous faire supporter son absence.

La situation d'Athénaïs était horrible. Un froid mortel circulait dans ses veines ; elle s'était levée pour conjurer cette homme de la rendre à la liberté ; mais bientôt ses jam-

bes fléchirent, elle retomba sur son
siège ; de quelle terreur n'est elle
pas saisie en apprenant qu'elle est
au pouvoir d'un chef de brigands ,
qu'il va se présenter devant elle.
O mon Adalgis ! dit l'infortunée en
répandant des pleurs , il n'est donc
plus d'espoir, je ne te reverrai jamais. Jamais ! mot terrible , il me
donne la mort ; et toi , mon noble
père , toi qui m'aimes avec tant de
tendresse , il faut te dire un éternel adieu !

En ce moment elle entendit le
bruit d'une porte , puis successive-
ment celui qu'occasionnait l'ouver-
ture de plusieurs autres ; tout son

corps frissonna ; le brigand s'en aperçut ; il lui prit la main, qui était glacée, en disant : Rassurez-vous, madame, je vous repète que le capitaine Bedford n'est pas un méchant homme ; le voici.

En effet, Bedford entra ; il y avait déjà quelques minutes qu'il était dans son château, mais il n'avait point voulu se présenter devant la prisonnière d'Albert avec son costume de guerrier qui était réellement effrayant, car il était vêtu à la manière des soldats norwégiens : un grand pantalon bleu, un pourpoint rouge brodé en or, un sabre d'une grandeur prodigieuse, plusieurs poignards ou coutelas qui garnissaient une large ceinture; joignez à cela un bonnet couvert en peau d'ours, lui descendant presque sur les yeux, un carquois et des flèches sur le dos, une hache à la main, et l'on aura une juste idée de l'uniforme des soldats de Bedford qui étaient surnommés *la compagnie des brigands ;* la beauté des armes distinguait seulement les chefs; ainsi le capitaine pensa qu'il devait prendre un costume moins effrayant pour paraître devant l'épouse d'A-dalgis ; aussi sa toilette était recher-chée et ressemblait à celle des plus grands seigneurs de l'Angleterre.

Madame, dit-il en entrant, je
viens d'apprendre que mon château
renfermait une femme. On me l'a-
vait dit belle ; mais tout ce que je
vois est infiniment au-dessus de l'é-
loge qu'on en avait fait. Daignez
calmer l'effroi que vous cause mon
aspect ; s'il pouvait vous coûter une
seule larme, je me croirais trop
malheureux. Veuillez accepter mon
bras pour sortir d'ici, je vais vous
conduire dans un appartement plus
digne de vous recevoir. La conduite
que le comte Albert a osé tenir à
votre égard m'indigne contre lui.
Je sais que l'amour pourrait peut-
être l'excuser ; il voulait, m'a-t-il

dit, posséder un bien qu'on lui a
ravi ; ah ! je sens tout le chagrin
qu'à dû lui causer la perte d'un tel
trésor ; il ne faut que vous voir une
seule fois pour désirer de ne plus
vous quitter ; mais venez de grâce ,
sortons de ce souterrain.

L'air de douceur que Bedford
savait prendre , sa figure noble ,
son maintien semblaient devoir
faire naître la confiance. Athénaïs
pouvait à peine se soutenir ; elle
accepta le bras qu'on venait de lui
présenter , sortit du souterrain et
arriva par de longs détours , après
avoir monté plusieurs degrés , dans

une chambre qu'elle reconnut pour être celle où elle avait couché.

Il était près de dix heures du soir ; Bedford lui fit apporter à souper, l'engagea à se regarder comme chez elle, en ajoutant : Vous me semblez extrêmement fatiguée, madame, prenez quelques heures de repos. Je vous jure, foi de capitaine, qu'il ne sera point troublé et que le comte Albert n'aura pas même la liberté de venir vous parler d'un amour que sans doute vous dédaignez.

Ah ! seigneur, lui répond Athénaïs, en levant sur lui ses beaux yeux remplis de larmes, le perfide

lbert, le plus vil comme le plus
iche des hommes , m'a arrachée à
tendresse d'un père , à celle d'un
poux ; quel honneur pour vous
vous étiez assez généreux pour
éparer son crime , pour me permettre d'aller rejoindre l'armée du
uc de Normandie ! — Madame, je
ous promets que vous ne reverrez
oint Albert ; mais je ne puis m'en-
ager à consommer le sacrifice que
ous exigez de moi ; croyez à mon
espect, à mon admiration pour le
ourage que vous avez montré ;
nais ne pensez point que je puisse
ne séparer de vous. En cet instant,
jouta-t-il , je vous quitte à regret,

mais afin de vous laisser prendre du repos. Demain, dès que vous serez en état de me recevoir, vous tinterez cette cloche, et je serai à vos ordres.

Ah! seigneur, avant de me quitter, dites-moi, je vous en supplie, quelle est à présent la situation de l'armée du duc Guillaume; s'est-on battu? — Non, madame; les armées sont en présence, et je n'ai abandonné celle du prince Harald que pour venir à votre secours, que pour vous arracher au pouvoir d'un homme indigne de vous posséder. — Si vous ne le connaissez que par sa conduite envers moi, vous ne pouvez pas encore le bien apprécier.

Athénaïs fit en peu de mots un rapport exact de tout ce qui regardait Albert, en commençant par ce que la famille de Mortemer avait eu à souffrir de son ingratitude et de sa perfidie ; elle n'oublia ni sa trahison sur les bords de la Garonne, ni le tournoi qui avait eu lieu à la cour de Champagne ; elle peignit la bassesse de toute la vie d'Albert avec une telle énergie, que Bedford, indigné, semblait l'écouter encore.

Il se leva précipitamment, prit la main de sa tremblante prisonmière, la posa avec violence sur son cœur, en disant : Vous me faites connaître l'amour et respecter la vertu !

Athénaïs, effrayée, jeta un cri et retira sa main. Ah ! ne craignez rien, répéta-t-il à plusieurs reprises, ne craignez rien. Il sortit de la chambre, en referma la porte et courut s'enfermer dans son appartement avec celui des brigands qui avait été témoin de cette scène.

Il se jeta sur un fauteuil et garda un morne silence. Eh bien ! capitaine, lui demande celui qui l'accompagnait, que dites-vous de cette jeune beauté ? — Ce que j'en dis ?

rien. — Mais du moins, ne puis-je savoir ce que vous en pensez? — Qu'elle est charmante. — J'aime à présent à croire que vous ne la céderez point à Albert? — Albert! le lâche!...... — Vous allez la garder pour vous?.... — La garder....— Oui; depuis long-temps vous êtes seul, et je vous ai entendu répéter plusieurs fois que vous désiriez une épouse. — Une épouse, mais elle est celle d'un autre.—Oui; mais cet autre est un Français; nous sommes en guerre, et ce qu'on prend à l'ennemi.... — Malheureuse femme, se dit-il à lui-même, quel doit être le désespoir de ce-

lui qui est assez fortuné pour être
aimé d'elle ! — Vous le plaignez ?
—Comme je voudrais être plaint.
Tant de grâces, de beauté, d'esprit! elle m'a enchanté. — J'étais
bien certain de l'impression qu'elle
produirait sur votre cœur; allons,
mon capitaine, pourquoi ces longs
et douloureux soupirs? que crai-
gnez-vous? que les Français, vainqueurs, ne viennent vous enlever
ce trésor? — Non.—Eh bien! pourquoi cette tristesse? redoutez-vous
le comte Albert?— Moi! redouter
ce lâche, mille fois plus brigand
que nous ne l'avons jamais été, puisqu'en un seul jour, en trahissant

son pays, il a fait périr plus de deux
mille hommes !—Ma foi, capitaine,
il est réellement heureux que notre
compagnie soit dissoute; car un tel
camarade était fait pour la dés-
honorer; mais revenons à votre
belle, car son sort et le vôtre m'intéressent. Il faut, m'avez-vous dit,
que demain vous soyez rendu à
l'armée? — Oui; j'ai promis au
frère d'Harald de m'y trouver
avant le coucher du soleil, et tu
sais si je tiens à ma parole. — Vous
connaissez mon amitié pour vous.—
Plus d'une fois, tu m'en as donné des
preuves. — Confiez-moi celle qui
a trouvé le chemin de votre cœur, je

20.

la conduirai en Ecosse; vous y ferez mener avec elle une partie de vos trésors; ensuite vous viendrez nous rejoindre. — Ton avis peut être bon; j'y réfléchirai; laisse-moi seul un instant. — Corbleu! je ne puis vous abandonner dans l'état où vous êtes; cela me fait mal.—Laisse-moi, te dis-je; j'ai besoin de repos.

Il fut obéi; mais il ne se coucha point, et passa la nuit dans la plus grande agitation ; c'était le combat du vice et de la vertu. Il se promenait à grands pas dans sa chambre, et le bruit qu'il faisait retentissait dans l'appartement occupé par l'épouse d'Adalgis; elle ne ferma pas les yeux, et passa toute la nuit sur un fauteuil qui était devant la table sur laquelle on lui avait servi un souper au quel elle n'avait pas touché.

Le jour la trouva dans cette situation; elle alla près des croisées de sa chambre; elles donnaient sur un très-beau jardin.

L'idée de chercher à s'évader s'offrit à son imagination; mais bientôt la crainte d'être aperçue, arrêtée et précipitée de nouveau dans le souterrain la glaça de terreur, et cette terreur fut encore augmentée par la vue de deux hom-

mes qui étaient au bout d'une allée et qui paraissaient très-ani-
més, du moins elle le présumait
ainsi à la vivacité de leur panto-
mime. Le jour n'était point encore
assez grand pour qu'elle pût reconnaître le capitaine; c'était lui
qui parlait à son confident, et lui
apprenait le parti que la réflexion
lui faisait prendre.

Il n'osait point se présenter à
l'appartement de la pauvre captive,
puisque celle-ci n'avait pas tinté la
cloche dont il lui avait montré le
cordon. Une prudence, dont on
n'aurait pas cru un tel homme sus-
ceptible, le retenait. Enfin, vers

onze heures, il la vit près de la croisée, la salua respectueusement, lui demanda s'il pouvait aller lui parler. Sur la réponse affirmative, il se présenta, et la triste Athénaïs put contempler son nouveau maître.

FIN DU TOME TROISIÈME.